狼子傳說

廖文毅・著

序

這是一本十分奇特的動物小說，是與鄉土小說和科幻小說的異類結合，其中又充滿諷刺的筆鋒，是一本值得深思的，適合各種年齡層閱讀的小說文本。

說它「鄉土」，因為故事背景發生在日治時代的臺灣雲林鄉下，一隻台灣土狗小黑生了傳說中會出現狗王的九位子女；說它「科幻」，這位故事主角小狗阿忠竟然可以和人類直接溝通對話，而這一切來由導因於軍國主義盛行的大日本帝國為了統治全世界，將狗族與狼族的基因加以改造的結果；說它「諷刺」，當狗族覺醒後，人類願意敞開胸懷，與牠們平起平坐，一同治理地球嗎？這是一個令人玩味再三的大問號？

不管你喜不喜歡狗，本小說將帶領你進入一個全新的狗族世界，以狗的眼光看透人類世界，讓你對人類有一番新的省思。

本小說由〈臺灣時報〉連載的《狗王阿忠》改編而來，感謝〈臺灣時報〉連載多時，而且廣受歡迎，在此向熱愛本故事的讀者與〈臺灣時報〉出版部致上最深謝意，也為即將進入本故事的大小讀者喝采。

狼子傳說
CONTENTS

角色介紹

旺仔：小黑家男主人，自小就是孤兒，被年邁的奶奶獨立撫養成人，家境清貧，娶阿娥後從事「撿字紙」（資源回收）的生意，生活漸入小康。

阿娥：小黑家女主人，從小是人家的媳婦仔（養女），長大後嫁給旺仔，刻苦耐勞，勤儉持家，是台灣典型的傳統婦女。

麗美：旺仔與阿娥的長女，就讀小學四年級。

小武：旺仔與阿娥的長子，就讀小學二年級。

小文：旺仔與阿娥的次子，就讀小學一年級。個性文靜，跟家裡養的小動物們感情特別融洽。

小黑：不算純種的台灣土狗，卻有著台灣土狗的一切特質：忠心、堅忍與負責。生下「九子傳說」中的九個孩子，在一次火災中為救小主人而犧牲生命。

木星：小黑所生的第五個兒子，體格最壯碩，個性也最急躁，在庄中狗老大來福被毒殺後繼承大位。

天王星：小黑所生的第七個兒子，足智多謀，外號「智多星」，是輔佐大位的良才。

阿忠：小黑所生的最小兒子，智勇雙全，在狗老大老黃的賞賜下當上全庄狗老大。為救全庄狗族奮力一戰，成功阻擋魔犬大隊的肆虐。為報兄弟之仇及探聽母親遺物「領巾」下落，伺機潛入警犬訓練所，被賜名「武藏」，一路追蹤大仇人犬狼而去。

大公雞「阿力」：體格強健，急性子，在小小的屋簷下常看小黑的好動孩子們不順眼，衝突正在醞釀。

母雞「阿美」：個性和善，為保護孩子們不惜螳臂擋車，力戰惡鷹。

莉莉：長相漂亮的混種狐狸狗，是旺仔一家人為感謝阿忠解救小文及撫平其喪母陰霾，在過年時沖喜為他娶的太太。

小蟲：個性機伶，是阿忠的兒時玩伴兼好幫手。

小新：個性俏皮，是小蟲不在時阿忠的好幫手。

狗老大老黃：坐鎮斑鳩寮庄頭，乃一方霸主，以義氣為重，因為欣賞阿忠的膽識而結為異姓兄弟。

跛腳：狗老大老黃貼身保鑣之一。

獨眼：狗老大老黃貼身保鑣之二。

尖牙：魔犬大隊副隊長，銜犬狼之命擁兵南下，四處攻殺劫掠，所到之處盡成狗族的悲慘世界。

黑鼻：尖牙左右手之一。

白眼：尖牙左右手之二。

老陳：五十開外的光棍，是位大廚師，在訓練所負責所有狗類的伙食，是阿忠的提拔恩人，與山本先生是一對愛鬥嘴的莫逆之交。

山本先生：有「狗大師」的尊稱，個性誠樸內斂，實事求是，是「台中州大日本帝國警犬訓練所」的實際負責人，名聲享譽國際。

犬狼：日本研發的第六代魔犬，是狼犬一族的終極進化，可以直接與人類溝通，後來成為稱霸東北狼區的一方霸主——「魔犬大帝」。

犬神：日本研發的第六代神犬，是牧羊犬一族的終極進化，可以直接與人類溝通，是神犬們的大隊長。

夜狼：犬狼在警犬訓練所裡最得意的弟子，身手矯健，猜妒心重，剛開始對阿忠極度不友善，後來成為莫逆之交。

大姐頭：「兵市場」地盤的狗老大，長相嫵媚，行事果決，作風不讓鬚眉，曾與犬狼有一段情。

小琪：大姐頭的女兒，暗戀阿忠，卻又為夜郎所衷情，展開一段刻骨銘心的三角戀。

吉田博士：全名「吉田岡次」，是日本當代犬類遺傳學權威，「滿州軍警犬部研究所」所長兼負責人，主張「生命・科學」而風靡全世界，是位人道關懷主義者。

老狼「喀拉斯」：唯一倖存的第五代魔犬，委身在當時日本首相「田中義一」的府邸中，受其思想薰陶，提倡「大東亞犬類共榮圈」，一心想輔佐犬狼稱帝。

薩拉：西藏獒犬，號稱「中國第一強」，聯合當地犬族作亂，為犬狼所平定。

北斗七星狼族：北方狼族的七大族群。又可細分為「下北斗」：「天樞」、「天璇」二族，屬草原狼族。「中北斗」：「天璣」、「天權」、「玉衡」三族，分布於深山老林。「上北斗」：「開陽」、「搖光」二族，生活在更北方的樹海內，性格兇悍無比，他們的生活方式及行蹤動態至今仍是個謎！

搖光公主「斷月」：救了想消滅東北狼族的日本「神光特攻隊」副隊長犬狼，進而與其相戀，最後助其成為能與日本天皇、滿州國皇帝分庭抗禮的「魔犬大帝」。

楔子

狗族是地球上最可愛的動物之一，號稱「人類最忠實的朋友」。

他們與狼族有著共同的祖先，但在幾萬年前，狗族選擇了親近人類；而狼族選擇了遠離人類，兩者因為有不同的選擇，當然，也接受了不同的宿命安排。狗族成為人類的朋友；狼族卻成為人類的敵人。但是他們的血液中，卻有著共同的淵源。不過在人類的心目中，狗族永遠被定位為「忠心」的代表；而狼族卻背負著「狠心」的象徵，這樣的分法，對他們公平嗎？

狗族，雖然因為成為「人類最忠實的朋友」而蒙受特殊待遇，比狼族慘遭人類誅殺幸福多了，但說穿了，事實卻證明，狗族永遠也只是人類的寵物、附庸罷了，你能想像有一天清晨醒來，你的狗兒突然開口跟你說話，還要你把他當成「地位平等的朋友」對待，你會接受嗎？或許基於「人」道精神，你會暫時答應，不過自稱「萬物之靈」的人類們，會真正想跟他們分享友誼，平起平坐，共同治理地球嗎？還是在唯我獨尊的虛榮心作祟下，視他們為妖怪，再生殺戳之心呢？

故事，就從日治時代，台灣雲林的某處鄉下，一隻名叫小黑的母性土狗，生了傳說中會出現「狗王」的九個孩子說起……

一、九子傳說

頭頂炙熱驕陽，腳踏蹣跚步履，小黑吃力地吐著舌頭，走在乾裂的黃土路上，彷彿氣喘一般，困難地大口大口吸吐空氣，四隻腳拖著好像不屬於自己的零亂步伐，朝著前面一處主人蓋的破舊木製小儲物間，一個能遮風避日躲雨的小洞走去。

小黑是一隻不算純種的台灣土狗，卻有著台灣土狗的一切特質：忠心、堅忍與負責。雖然毛色屬於淺黑色，個頭也不算大，長相十分不搶眼；但在極其普通的外表下，卻有一顆極為善良及溫柔的心，加上上帝所賦予狗族的特有嗅覺及聽覺，小黑仍然是主人最得力的助手。

這是小黑的第一次懷孕，從肚子的大小推算，小黑心想，說不定這次懷的是狗中極品——「九子」，傳說中認為，狗（台語發音與「九」相同），如果生了九個孩子，其中就會有一隻長得最壯碩、最勇猛，乃是狗中之王，平時外出有另外八隻小狗當護衛，吃飯的時候最先吃，連睡覺的時候都是把其他八隻小狗當彈簧床墊，睡在他們身上，長大後更能一呼萬應，統領全部狗族，成為道地的「狗王」。

這種幾乎是神話的傳說，流傳在鄉野地區一段很長的時間，事實上發生機率少之又少，以前曾聽說在幾年前，別的村庄也有出現過「狗生九子」的傳說，但卻沒有「狗王」出現的事實，小黑又側頭一想，即使生了九位小孩，也未必會生出狗王，其中奧妙大概只有天曉得，便不去想它了。

小黑舒展四肢，側躺在陰涼的小洞裡，這小洞正好座北朝南，夏天的微風輕拂，格外愜意怡人，這也是她一天中最舒服的時候。

環顧四周，滿滿一間小屋，堆置了各式各樣的雜物，有鋤頭、畚箕、竹掃把等還可以使用的農具；還有舊輪胎、破木料、斷竹管等廢棄物，雖然擺設零亂，卻是極好的掩閉空間，一個專屬於小黑的私密天地。

小黑的主人住在庄尾，一個人口不多的小村落，村落旁邊是一大片綠油油的水稻田，將大地染成一片綠海，會在南風的吹拂下翻起陣陣稻浪，美麗極了！每當稻子成熟時，除了有黃橙橙的稻穗外，還有成群的麻雀會出來覓食，讓大地充滿了生機。不過務農人家靠天吃飯，只要老天爺不賞臉，一季的辛勤將化為泡影，生活頓時陷入困境！

主人以前也是種田人家，小小的一分多田地裡，在田頭用廢木料自己蓋了一間小木屋以堆放農具，全家則租屋住在庄子中間。後來發覺種田實在難以餬口，又要付房租，便將水田填平成為旱地，在小木屋後蓋了一間農舍小住家，雖然簡陋，卻也能遮風避雨；而其他空間，便成了他改行「撿字紙」（資源回收）的堆置場所，雖然生活仍舊清苦，收入卻比以前好多了。

這屋子的主人屬於小家庭，男主人旺仔自小就是孤兒，被年邁刻苦的奶奶獨立撫養長大，兩人相依為命；但命運弄人，奶奶就在他即將成人的十七歲時，突然撒手人寰，留下孤零零的旺仔。

旺仔沒唸過書，卻不向惡劣環境低頭，平常打雜工辛苦賺錢，後來認識了原本是人家媳婦仔（養女）的阿娥，由於雙方家境都十分清寒，結婚的儀式就草草了結；不過刻苦耐勞的旺仔自從娶了阿娥以後，日子卻愈來愈改善，於是買下了庄尾那塊地，做起「撿字紙」的生意來。

阿娥很爭氣，也為旺仔生了三個兒女，長女叫麗美，長子叫小武，次子叫小文，特別是最小的兒子小文，自小個性就比較文靜，所以跟家裡養的小動物們感情都特別好，尤其是家中最忠心的小狗——小黑。

日子一天天過去了，就在夏季某一天的深夜裡，月色明朗潔淨，氣溫清涼宜人，不似大白天熱氣蒸騰，尤其夜風徐徐吹來，輕柔地按摩著全身每寸肌膚，飄飄然舒服的感覺，讓人忘卻了白天的一切操勞與煩憂。

今天晚上小黑的肚子陣痛的特別厲害，於是她趕緊艱辛地將步伐一步一步拖回小洞，等到安穩地躺在洞內的時候，那一陣又一陣的劇痛愈來愈明顯，雖然是第一次懷孕，但母性的直覺告訴她，臨盆的日子「就在今夜」。

當天色微明，大陽公公剛露臉的一大清早，小文仍舊起床的特別早，由於現在還是暑假，一年級的他就要升上二年級了，天天早起幫媽媽煮飯便是他每天例行的一大好習慣，今天要到屋子前面的幫浦地方幫媽媽提水，於是口中哼著在學校剛學到的小曲兒，腳下踏著輕快的節奏，等到一經過那間小儲物間的時候，猝然傳來好多極細微的叫聲，小文好奇，放下水桶，慢慢地靠了過去。

小文判斷那聲音必是從小黑經常休息的小洞中傳來，走近探頭一看，不得了了，只見微亮的洞穴中，隱約有好多隻小小狗在那裡蠕動，就像小老鼠一樣，在還沒有睜開的雙眼引導下，只能靠觸覺及嗅覺行動，多可愛的表情及動作啊！小文忘了提水這件事，趕緊三步當兩步跑，回報家人去了。

「生了，生了，小黑生了！」

經過小文這一喧鬧，不管是已經起床的阿爸、阿母，還是正在賴床的姊姊、哥哥，都興奮無比地趕了過去，在洞外細細地觀察，指指點點，而經驗較多的阿爸立刻囑咐道：「母狗剛生小狗的時候，脾氣特別暴躁，不僅不允許陌生人接近，也常聽過咬傷主

人的事，原因就是當母親的天性，要保護稚弱的小嬰兒，所以你們三個如果想要接近小黑及小狗，一定要特別當心，不行的話，千萬別硬來，聽到沒有？」

阿爸詳細地交待著三位小朋友。

「聽到了，阿爸，我們會特別小心的。」三人同聲回答。

由於小朋友的好奇心特別強，在阿母多次的催促下，過了暑假就要升上五年級的麗美、要升上三年級的小武及升上二年級的小文，才心不甘，情不願地暫時離開洞口。

但是這些小朋友在那天早上吃稀飯的速度，簡直跟喝牛奶一樣，完全用吸的，而不是用吃的，也不配菜，一吃完，除了大姊麗美要幫忙收拾碗筷外，小武及小文碗筷一丟，頭一轉，飛奔回去，又注視了好大一番工夫，小武耐性不足，發覺新鮮感不見了，就跑去跟其他小朋友玩，最後剩下小文。

小文的耐性極好，一直蹲在小黑所住的洞口外，顯然心中惦記著阿爸特別交待的話，但還是想摸摸小狗稚嫩的身體，而且平常就是小文和小黑最親近，因此小文下定決心，採用「漸進法」，一步一步緩緩地湊過去。起先小黑還會低聲咆哮幾聲，但漸漸地，便在小文的口哨聲及期待的眼神中，終於卸下心防，讓他抱起了其中的一隻。

小文興奮極了，心中感謝小黑對自己的信任，也小心翼翼地抱了一隻又一隻，卻發覺竟然共有九隻，大出意料之外，他便將他們一一排好，發現第五隻及最後一隻體格特別突出，因為小文平常很喜歡看阿爸回收的舊報紙，上面有專門為小學生連載的「天文知識」專欄，知道太陽系正好有九大行星，這下名字便容易取了。

「第一隻叫水星，第二隻叫金星，第三隻叫地球，就是我們自己住的星球，第四隻叫火星，第五隻叫木星，唷，體格最大，正好也是太陽系中最大的行星，第六隻叫土星，第七隻叫天王星，第八隻叫海王星，遭了，最後這一隻也長得很大，如果叫冥王星，就十分奇怪了。」小文自言自語地說：「冥王星這麼小，這隻又這麼大，那要叫什麼好呢？啊！聽老師說過，狗狗是人類最忠實的朋友，那就叫他『阿忠』好了。」

從此以後，小文幾乎天天跟這九隻小搗蛋玩在一起，不過歡樂的時光總是特別容易消逝，轉眼又要開學了。

就在開學後，白天小朋友們都上了學，旺仔又出外做生意，阿娥有時候要跟旺仔一起出去幫忙，但即使大部份的時間都在家裡，也有忙不完的家事。忙完家事，還要養豬、餵雞鴨等等，就在沒有人類的干擾下，這片土地立刻成了這九隻小淘氣的天堂。

這幾天小狗一睜開眼睛，立刻活蹦亂跳的，沒有一刻安靜，也令第一次生育小孩的小黑忙得團團轉，為了照顧這九隻小搗蛋，小黑極有耐性，即使這麼多位子女，也將他們照顧的十分妥貼，令女主人不用多費一份心力去操勞。

有一天，老五木星在院子裡玩耍，看見小雞們小小的身軀玲瓏可愛，便主動上前表明要和他們一起玩，就在這些小鬼頭蹦蹦跳跳的時候，其中有一隻小雞一不慎跌了一跤，嚎啕大哭起來！大公雞阿力是這群小不點的爸爸，平常脾氣就十分暴躁，對小黑這九隻活動力特別強的小狗總是翻白眼，沒有好印象，試想九隻小狗一玩開，那勢必要侵犯到別種動物的地盤，糾紛是日積月累，一觸即發。

今天，大公雞阿力從遠處看見自己的小孩在哭，又看見木星正在旁邊玩，終於火山爆發了，於是不分青紅皂白，不管三七二十一，認定是木星欺負小雞，平日怒火全數燒開燒旺，星星之火頓成燎原巨焰，二話不說，朝木星氣沖沖地飛撲過來。

還搞不清楚狀況的木星，突然看到遠方一個大黑影朝他撲了過來，嚇了一大跳，本能地想逃，但大公雞阿力身手矯健，一下子就施展巨爪，藉著鼓動的翅膀，想將木星壓制在地。木星年紀雖小，卻也壯碩，一個翻身躲開，竟然也向無故要打他的阿力還手，就這樣，一大一小，在院子裡鬥了起來。

不過木星再怎樣強，小小的年紀，稚弱的身體，哪是成年大雞阿力的對手，三兩下又被壓在地上；但他還是像泥鰍一樣，趁隙又逃開。就這樣一打一避，正好被路過的阿忠看見，他一見到五哥被這隻平常就對他們不太友善的大公雞阿力追著打，一時氣憤，竟然也用小小的身軀撲了過去，木星一見塊頭僅次於自己的小弟阿忠居然挺身相護，頓時精神百倍，兄弟一聯手，力量加倍走。

此刻在院子中，只見一群嚇壞了的小雞們，正在看自己的多桑（父親），不知為什麼跟兩隻小小狗打了起來；而木星與阿忠年紀雖小，卻一點也不畏懼，打得大公雞阿力倒有些許驚訝，心想這兩隻小東西，小不點兒這樣大，膽子卻十分了不得，跟他們體型相差太遠的大公雞作戰，絲毫不生畏懼之心，還彼此相互救援，十分難得，心下也有些佩服；但他只要一想到木星竟然當著自己的面欺負他的小雞，覺得此風不可長，今天非得好好教訓他們一番不可，否則來日不就會爬到他的頭上撒尿了嗎？

雙方正在激鬥中，被中午甫從學校放學回家的小文撞見，立刻上前攔阻。大公雞阿力一見小主人插手，才歇手不再猛打木星及阿忠，但也狠狠地撂了一句話：「小鬼頭，你們有種，下次被老子撞見，一定不饒你們。」說完，就怒氣沖沖地離開。

事情過後，小黑聽到消息，急忙問木星及阿忠有沒有受傷，等發現只有小傷口，才放下心來，再追問事情原委。

木星不擅言詞，只吞吞吐吐地說自己和小雞們正玩得開心，哪知大公雞阿力無緣無故就撲過來打他，還好後來小弟阿忠前來救他。

小黑見木星年紀太小，使她無法了解事情真相，她也知道大公雞阿力的個性，雖然急躁了點，但他絕不會無緣無故欺負弱小，因此便帶著木星及阿忠，親自登門向母雞阿

美道歉，因為畢竟女人之間比較好談話。

等小黑親自帶著木星及阿忠到母雞阿美家的時候，母雞阿美也是位十分和善的母親，小黑向她開口道歉，母雞阿美直說小孩子玩玩不打緊，哪知在一旁的大公雞阿力依然在氣頭上，其實他也知道，這原本是一件小事，但大人與小孩打架卻沒有贏，讓大公雞阿力面子實在掛不住，嚥不下這口晦氣，竟然惡狠狠地說：「我早看不慣你們母子們，依靠人多勢眾，想在這院子裡頭撒野，一看到我們的小雞幼小可愛，就想欺負，我才不接受你們這種虛情假意的致歉呢！」

母雞阿美見丈夫不肯原諒小黑母子們，一向以丈夫為重的她，只能請丈夫少說兩句，並且不好意思地送走了小黑母子們。

小黑雖然受到委屈，但堅強的她並不因此洩氣，立刻召回九隻小淘氣，千叮嚀，萬交代，以後不要再四處惹麻煩了；而九隻小狗雖然頑皮，一看到母親因為他們而傷心難過，也都十分聽話，不再惹出事端。

隔天，這九隻小狗雖然很想和其他小動物們玩，尤其是小巧可愛的小雞或小鴨，但一想到母親的懇切叮嚀，只能遠遠地觀看，不敢走近。

這時正好母雞阿美帶著自己的六個小孩在草地上覓食，並教導他們尋找食物的方法，小雞們也圍在一起認真地學習。

突然間，空中一道黑影罩了下來，逆光中往天空一看，是隻大惡鷹，已在高空中盤旋良久，見小雞們出來覓食，正好容易下手，就從空中俯衝下來，但一時太急，著地時失去準頭，並沒有捉到任何小雞，而小雞們一受驚嚇，全四散逃了開！

還好母雞阿美還算鎮靜，立刻又重新召回六隻小雞，自己則擋在最前頭。惡鷹一見第一次攻擊失敗，又捲土重來，發動第二波攻勢，如此一來一往，「老鷹捉小雞」的大自然殘酷戲碼正在上演。

惡鷹身手慓悍，攻擊得頗有經驗的母雞阿美難以招架，母雞阿美一心想儘快護送小雞到屋簷下，但聰明的惡鷹早已識破，哪會讓母雞阿美得逞，就在一攻一守之間，惡鷹突然身體一轉向，竟然用最快的速度衝到隊伍的最後面，母雞阿美搶救不及，一隻小雞活生生地被惡鷹用巨爪捉住，動彈不得！

正在惡鷹要起飛取走勝利品的同時，突然地上也騰起另一道黑影，惡鷹近身一看，竟然是一隻小狗，正用最快的速度朝自己衝過來，二話不說，一口朝自己的大腿咬下，惡鷹痛得大叫，但他也不願意放棄好不容易到手的美味佳餚，立刻用尖嘴想啄那隻小狗；而那隻小狗不知道是聰明，還是運氣好，一咬正好咬在惡鷹的背後大腿，惡鷹轉頭想啄卻啄不到，想飛上天又太重，雙方在現場僵持不下。

而那隻小狗，正好就是阿忠。

阿忠今天本來一大清早就爬起來，無聊的想找小雞們玩，但突然想起昨天不愉快的經歷，便賭氣不跟小雞們玩，不過還是覺得無聊得很，於是自己找了一處隱密的地方藏身，卡桑（母親）說不能跟他們玩，用看的總可以吧！

阿忠看了老半天，發覺無聊，正想離開的時候，突然間看到一隻惡鷹從天空中飛了下來，要叼走小雞；而母雞阿美為了保護自己的小孩，竟然跟巨大又兇狠的惡鷹打了起來，阿忠一時嚇呆了。但過了一會兒，一見有隻小雞竟然被這隻惡鷹叼走，一時大急，心想小雞萬一被壞人捉走，那以後就要失去一個朋友了，單純又天真的他，二話不說，飛衝過來，一口就咬上惡鷹大腿。

惡鷹忍著劇痛，想速戰速決，卻擺脫不了死纏著他的阿忠；而阿忠的另外八位兄弟，一見小弟正在跟想叼走小雞的惡鷹纏鬥，同時圍了上來，一起聯手攻擊惡鷹，加上母雞阿美也奮力想奪回自己的親生骨肉，一下子讓原本得勢的惡鷹，現在反而變成以一擋十，情勢大逆轉。

正喧鬧間，大公雞阿力聞風趕來，一見惡鷹想吃掉自己的小孩，哪容分說，一口氣惡狠狠地衝殺過去。

惡鷹一見小狗們實在太難對付了，所謂「閻王容易對付，小鬼卻是難纏」，今天認栽在這九隻小鬼頭身上，立刻放下小雞，身子一扭，翅膀奮力一拍，阿忠頓時掉了下來，惡鷹才揚長而去，趕緊回報同類，這間有九隻小狗的人家，以後可千萬別去招惹他們才好。

大公雞阿力一趕到，母雞阿美也扶起小雞，還好惡鷹為留活口餵食小鷹，並沒有傷害到小雞，才放了心。

此刻小黑也聞訊趕了過來，只見大公雞阿力面紅耳赤地對小黑說：「小黑嫂子，昨天實在對不住，為了小事竟然和小孩子們計較，並且打了起來，還不接受道歉，今天我親眼見到妳的九位公子拚命地想保護我們家的小雞，我才知道昨天一定誤會木星了，唉！木星也捨命救小雞，又怎麼會去欺負他呢？都怪我性子急，不分青紅皂白才會冤枉好人，真對不起，我向妳道歉，對不起！」

小黑一聽到自己的孩子們奮不顧身地幫助小雞，又聽到大公雞阿力的真誠道歉，十分高興回道：「阿力哥，你別放在心上，俗語說『遠親不如近鄰』，我知道你性子急，但心腸好，鄰居互相幫助本來就應該嘛，是不是？」

大公雞阿力聽小黑願意原諒他，也十分高興，母雞阿美見丈夫知錯能改，而小雞們又平安無事，這一切都要感謝小黑的九位孩子，因此一時誤會冰消瓦解，鄰居感情更加和睦，一片和樂景象。

阿忠成天在院子裡東奔西跑，普通大的院子，對小小的阿忠來說，竟然像無比寬闊的天地，永遠玩不盡似的；不過母親小黑有交待，院子外有一條小排水溝，上面有一座小橋連接外面的馬路，而那座橋就是他們兄弟們的遊戲終點，不可以踰越的界線。

每當馬路上有各式各樣的人類經過，也有各式各樣的動物經過，看得小小年紀的阿忠眼花繚亂，而好奇心特別強的他，外面世界的誘惑力似乎與日俱增，母親愈是叮嚀，阿忠的內心對外面世界的嚮往，也更加濃烈。

有一天，一見到母親被今天休息的主人旺仔叫到後院去，又見到前院裡四下無人，這下子太好了，阿忠就趁著這個機會，盤算好只要去去就回，不要走太遠，就可以到外面的世界探險了，於是一溜煙，就消失蹤影。

阿忠邊走邊玩，看到外面的花花世界真是太有趣了，人口相對稀少的庄尾，呈現田屋錯落的景象，簡陋的屋舍就緊鄰在田野旁邊，大片的田疇以種植水稻為主，將大地鋪成一片綠地毯，其間又種有許多植物，有開著黃花，全身綠油油的田菁是最好的綠肥；結實纍纍的大豆在風中搖曳生姿，是做豆腐、磨豆漿的好食材；油菜花彷彿為水田穿上黃襯衫，吸引許多蜜蜂、蝴蝶的造訪；芋頭葉像一把把下雨時撐的小雨傘。而每家的田頭似乎都額外種些地瓜、玉米之類的植物，充分展現出台灣舊社會農家的勤儉性格。

蜜蜂忙著採蜜，蝴蝶四處飛舞，小鳥在枝頭上高歌，看得阿忠目不暇給，正追著一隻蝴蝶跑進小巷弄的時候，迎面有隻身軀龐大的水牛突然現身，慌得他狂吠了幾聲，但老牛連看都不看他一眼，又自顧自地從他身旁悠哉悠哉地走了，嚇得阿忠既新鮮又有趣，心想這世界上竟然有體格這麼壯碩的動物，如果跟他打架，即使十隻阿忠也打不過！那十一隻呢？阿忠正在胡思亂想，渾然不覺已經徹底忘記剛才對自己的約定，就是「去去就回，不要走太遠」，不一會兒，已經在不知不覺中離家有一小段距離，而且他走的並不是大馬路，所以嚴格來說，阿忠迷路了。

不過阿忠完全沒想到自己已經迷路的事實，因為他根本還沒想到要回家。

突然，在一處小空地的陰暗角落，他發現有一隻與自己差不多年紀的小狗，在那裡鬼鬼祟祟的，好像在地上挖洞埋東西似的，阿忠好奇心起，便悄悄地走了過去，想一探究竟。

那隻小狗完全沒有感覺到身後已經站有另一隻小狗，正在監看自己的一舉一動，等到他滿身大汗地埋完東西後，覺得滿意極了，轉身過來，想走回去，差點撞到已經站在他身後一段時間的阿忠！

「喔！嚇死我了。」那隻小狗嚇了一大跳說：「你是誰？怎樣可以偷看人家的祕密呢？」

「我叫阿忠，我並沒有偷看你在做什麼，我是光明正大地站在這裡看。」阿忠不服氣地回道。

「偷看就偷看，還想狡辯，喂！你這棵『青仔欉』阿忠，你剛才有沒有看到什麼，趕快老實說，可別在我聰明絕頂的小蟲面前耍花樣，小心我揍死你喔！」小蟲語帶威脅地說。

阿忠見面前這位與自己年紀相當，個子卻矮了一大截的小狗小蟲，竟然一口咬定他在偷看他埋東西，又說要揍死他，阿忠在九位兄弟之中，打架一向所向披靡，今天一見眼前這位小不點兒前來挑釁，想想今天本想訂為「打架休息日」，公休一天，現在機會來了，非得好好教訓這隻兔崽子不可。

「我的確看到你在『偷』埋東西，而且你『偷』埋的東西，想必一定是從什麼地方『偷』來的，是不是？」阿忠反將他一軍，說他才是真正的「偷」。

「唷！你這隻頭腦簡單，四肢發達的小狗，竟然反過來說我『偷東西』，還『偷埋東西』，今天本大爺要不好好教訓你一下，你倒以為我真怕了你不成。」小蟲邊說邊想，對方身體比自己大多了，不可力敵，只能智取，才不會辜負老天爺賜給他的一副好腦筋。

「想打架可以，不過有個規矩，就是必須我說『開始』才算，因為這裡是我的地盤，要就答應，不然就認輸，叫我大哥如何！」小蟲先發制人，先訂規則，再誘阿忠入甕。

「好，一切沒問題，快放馬過來吧！」阿忠爽快地答應。

「你看，你阿母來了！」

小蟲面帶驚訝地看著阿忠背面，阿忠一聽到自己的「阿母」來了，嚇了一大跳，趕緊要回頭解釋偷溜出來理由的時候，突然發覺對手一掌劈了過來，阿忠大叫一聲，痛得滾到一旁，趕忙趁機回頭一看，哪有什麼阿母，連個鬼影子也沒有！

「開始！」小蟲在打中阿忠身體時得意地說。

「你作弊，我阿母並沒有來。」阿忠知道受騙，滿腔怒火。

「是你自己笨，還怪別人聰明，認輸了吧，快叫我一聲大哥啊！」小蟲又得意非凡地說。

「好吧，既然你來真的，就不要怪我不客氣了！」阿忠咬牙切齒地說，認真起來了。

「看來非得教你心服口服，你才會甘心，好，我還沒說『開始』，你可不能打我喔！」小蟲一說完，一溜煙竟然躲進去旁邊的空屋中，消失了。

「看你玩什麼花樣。」阿忠小心翼翼地自言自語。

突然，在阿忠剛走到一根柱子旁，一隻巨掌又朝自己飛了過來，但阿忠早已經從地上的影子知道小蟲躲在柱子後面準備偷襲，故意走過去，順便咬了一片硬木板靠在身上，只聽小蟲以為又要得手了，大叫：「開始！」

「唉唷！我的媽啊！」

奸詐的小蟲原以為這一拳又要打得阿忠痛苦求饒，哪知剛喊完「開始」，突然手掌一陣劇痛，一隻軟手掌打在堅硬的木板上，痛得原本騙人家阿母來的他，自己倒叫起媽來了。

「這一次不算，你拿工具，不算。」小蟲不服輸，硬說不算。

「好，再來。」阿忠頗有自信回答。

小蟲二話不說，又瞬間躲了起來。小蟲心想，這小子雖然有兩下子，但憑自己的聰明才智，再加上這裡又是自己再熟悉不過的地盤，這下你非輸不可，因此這次他小心翼翼地藏身在一個小桶子旁邊，心想只要等到阿忠一接近，立刻滾動桶子，將他壓個正著。

哪知他的詭計卻被自己的尾巴出賣了，正因為那個桶子太小，不夠他容身，所以露出了尾巴還不自知，阿忠便繞到另一邊的小桶子旁，靜靜看他怎樣出招應付。

阿忠咬起地上一顆小石頭，往小蟲藏身的桶子前用力一扔，小蟲一聽身旁有聲音傳來，認定必是阿忠，立刻用力將桶子往外一推，又大叫：「開始，這下你完了吧！」

小蟲又得意地笑了起來，爬出桶子，正準備向前看阿忠的慘敗醜樣時，突然身後有一個比這個更大的桶子竟然朝自己身上滾來，小蟲閃躲不及，大叫一聲：「唉呀！這下我完了！」

瞬間，一隻小狗擋在自己身前，竟然用自己的身體硬將大木桶擋了下來，而且還表現得輕鬆愉快，好像什麼事也沒有發生一樣，看得自以為聰明的小蟲心服口服，論智力，比不上人家；論力道，還差人家一大截呢？

「我徹底認輸了。」小蟲心悅誠服地說：「既然你贏了，我這裡埋的寶藏就歸你所有，我認栽了。」

「我才不要你什麼寶藏呢？」阿忠開心地說：「我只是想找人打架而已，正好有你奉陪，我還得謝謝你呢？」

小蟲不相信自己的耳朵，因為「勝者為王，敗者為寇」，他在這裡埋的寶藏，有一部份就是打贏其他狗類得來的，當然，他大部份會挑一些比自己弱小的對象下手，今天不知道發什麼神經，竟然挑戰這麼一位大塊頭，本想以腦筋取勝，哪知最後還是輸了。

小蟲靈機一閃，心想自己一向孤伶伶的，很容易受人欺負，如今眼前這位善於打架，又心地善良的小狗，不正是自己想要找尋投靠的大哥嗎？

「我原本想將你打敗，當你的大哥，今天我輸了，我願意當你的小弟，今後你就是我的大哥，如果你實在不想當我的大哥！」小蟲心念又一閃：「那我還是要將這些寶物硬送給你，當作勝利品；但只要你當了我的大哥，你就可以選擇要或不要，你自己決定好了。」

聰明的小蟲算計阿忠只對自己的寶物好奇，並無佔有之心，才說出這麼漂亮的話來。

「好，當就當，那有什麼問題，不過我只想『看』寶物，不想『要』寶物，聽明白了嗎？」阿忠想起平日阿母叫他不可以隨便要或收人家的東西，今天正好成了小蟲的最佳藉口。

「那太好了，既然大哥答應了，我們以後兄弟倆就『有福同享，有難同當』了。」小蟲興奮地說。

「什麼叫『有福同享，有難同當』呢？」阿忠不解地問。

「就是……，就是……。」小蟲難得學人類講一句成語，如今卻被阿忠差點問倒：「反正，就是有好吃的東西，大家一起吃；沒好吃的東西，大家一起餓，對，大概就是這個意思吧。」

「哦，原來如此。」阿忠有聽沒有懂。

「大哥，那你趕快來看我的稀世珍藏吧！」小蟲趕快轉移話題，引起阿忠的興趣。

「好，我們快去看。」阿忠好奇心大起。

原來這也不是什麼稀世珍寶，只是一些人類小孩子玩丟了的玩具而已，如陀螺、布娃娃、小火車……等等，但這些對狗族來講，還真算稀世珍寶呢？

兩人又看又玩，不知不覺到了黃昏，阿忠一看太陽就要下山了，大叫不好，向小蟲告辭想要回家，這才發現，原來自己早就迷路了！

還好小蟲對附近路徑十分熟悉，便帶領阿忠回到院子外面，約定好有空一定要找他玩，才自己走回家去。而阿忠三步當兩步走，趕緊跑回院子裡，還好並沒有被發現他偷溜出去玩。

從此，這兩隻小不點小狗，不打不相識，從陌生人變成好朋友了。

有一天，有位郵差先生送信過來，相對於大部份認真負責的郵差先生來說，這人就顯得心術不正，老是喜歡趁機欺負小動物，今天趁送信過來的機會，看見阿忠一個人單獨在樹下玩，一時歪念又起，心想這隻胖嘟嘟的小狗痛得叫起來的聲音一定很美妙，真令人期待，想到這裡，不禁心下「嘿嘿」地笑了兩聲。

他坐在摩托車上，側身彎腰從地上拾起一顆小石頭，瞄準目標，用力一擲，劃破了午間沉悶的空氣，以拋物線的軌道朝渾然不知的阿忠身上飛躍過去。

「唉呀！」阿忠慘叫一聲，頭上一陣劇痛，立刻長出一個大包包，轉頭一看，郵差先生的左手已經又滿滿抓起了一把小石頭，頃刻天空就好像下起流星雨一樣，一顆顆堅硬的石子從天而降，打得阿忠又痛又氣！

等郵差先生哈哈大笑，正想心滿意足地加油揚長而去；但阿忠豈是好惹，老早就見不慣他欺負其他小動物的模樣，今天竟然在太歲爺頭上動土，饒不了你，便飛追過去。

郵差先生見阿忠竟然不怕死地追了過來，更加興奮，不時用腳去挑逗阿忠，阿忠屢咬不中，看得郵差先生又是一陣哈哈大笑，說道：「小笨狗，小笨狗，我就是要欺負你，看你能把我怎麼樣呢？」說完，又哈哈大笑不止，得意揚揚。

哪知阿忠不甘示弱，氣得馬上回他一句：「大人欺負小狗，好不要臉，有什麼了不起呢！」

乖乖了不得！郵差先生一聽這隻小狗竟然開口說「人話」來教訓他，嚇得摩托車龍頭一歪，一把撞到路旁的芒果樹上，結實纍纍的芒果落果打得他一身疼痛，口中直喊：「媽呀，見鬼了！」才又重新扶起摩托車龍頭，跌跌撞撞地狼狽逃離現場。

小文那時正好聽到喧鬧聲趕來，一聽阿忠竟然用「人話」開口回嘴欺負他的郵差先生，也著實嚇了一大跳，驚喜之餘，趕緊帶著阿忠到一處隱密的地方，對阿忠說：「阿忠，你真的會說『人話』嗎？」

「是的，小主人。」阿忠若無其事地回答。

「你不用叫我小主人，叫我小文好了。」小文興奮地對阿忠說：「走，跟我去見他們（指家人），我要告訴他們這個天大的大發現！」

小文抱起阿忠，火速回到家裡，正好大伙兒都餓了，正準備吃午飯。阿娥一見小文連吃飯的時候竟然還抱著阿忠玩，心裡雖然有些生氣，但口氣依然溫柔地對小文說：「小文，快把阿忠放下，手去洗一洗，準備開飯了！」

「等一下，大家先聽我說。」小文興奮異常地鄭重宣佈：「我要告訴你們一個天大的大發現喔！」

大伙兒聽說，都圍攏過來。小文先將剛才看到的那一幕「郵差先生欺負小狗」的事詳細鋪陳一遍，再說出重點「阿忠會講人話」的天大發現；不過從大伙兒的表情可以發現，前半段的故事大家還聽得津津有味，但是後半段的故事竟然沒有人相信他！小文又賭氣地說：「不信，我試給你們看！」

「阿忠！」小文對著阿忠說：「等一下我問你，你要老實回答喔！」

「好的，小主人，哦，不，我是說小文。」阿忠爽快地回答。

「對，就是這樣。」小文一臉興奮。

「好，阿忠，我問你，你把郵差先生剛才欺負你的經過，簡單地向大家說一遍。」

「汪汪，汪汪汪汪，汪汗……。」

大伙兒當初還是因為見到小文一臉正經模樣，才餓著肚子，停下來聽他發佈重要消息，哪知卻換來一場惡作劇，說什麼叫阿忠講「人話」，怎麼只聽到他在那邊「汪汪汪」的叫個不停，阿娥實在看不下去，便說話了。

「小文。」阿母阿娥嚴止地對小文說：「你如果再這樣每天帶著阿忠四處鬼混，還講一些奇奇怪怪的話，我可要禁止你們在一起玩了，聽到沒有！」

小文面對家人的異樣眼光，及阿母警告似地口吻，比方才聽見阿忠會講人話更是驚訝，心想明明阿忠會講人話，那為什麼好像只有他聽得懂呢？

但又想到阿母對自己最近跟阿忠玩的行為好像有些不高興，為了避免被禁止與阿忠一起玩，小文立刻變臉傻笑道：「嘻！嘻！我只是開開玩笑，想騙你們一下啦！」

「原來我們家的小文也這麼幽默啊！」阿爸旺仔立刻幫小文解圍，全家才哈哈大笑，結束這場被視為「蠻無聊」的鬧劇。

飯後，小文坐在樹下發呆，為什麼只有他可以跟阿忠對話呢？突然看見阿爸旺仔正要出門，卻先來到小文的身旁，對著小文說：「小文，不要難過，阿爸看得出阿忠是隻了不起的小狗，說不定上輩子是天上某位神仙，因為犯錯被玉皇大帝打落凡間的，以後一定有大出息的，阿爸相信你。」說完，才做生意去了。

小文知道阿爸最近修好了一台收音機，那是低價從大戶人家買回來的廢棄物，因而迷上了電台講古，常講一些神仙天上犯錯，下到凡間懲罰之類的民間神話，小文平日最喜歡聽阿爸講故事，也知道阿爸這次故意引用神話的故事來鼓勵他，但正如阿爸講的，小文也絕對相信，阿忠將來一定會是一隻了不起的狗狗。

從此，小文再也不提起阿忠會說人話的事，從此，那位郵差先生再也不敢欺負小動物了；而年幼的阿忠也彷彿從此知悉，隨便開口說人話，或許可能帶來不幸的後果。

隨著時光逐漸流轉，時間就像巨輪一般向前滾動，這九隻小淘氣已漸漸長大了，但長大的同時，食量也愈來愈驚人，尤其小狗在吃飯時不懂得節制，一有食物，一定非得將肚皮撐得圓鼓鼓，再也裝不下去才肯罷手，這對家境好不容易熬到小康的旺仔一家人，無疑是一大負擔。

阿娥眼見小狗們食量實在太大，便建議旺仔可將小狗們分送給別的人家，以減輕家計的負擔。

旺仔是一位極愛狗，對狗又極有感情的人，對於妻子阿娥的提議，雖然不太想接受，但他了解阿娥維持全家生計的難處，於是召來三位小孩問問他們的意見。

「我覺得只能留下小黑一隻，第一，為了全家生計著想，這些小鬼頭實在太會吃了，再多剩飯剩菜都不夠吃，何況我們還要餵雞、鴨和豬呢？第二，基於實用性來講，

我們家只要一隻小狗看家就行了，小黑本來就已經勝任得不錯，也沒有必要再多加一隻來幫助。基於上述兩個理由，我只贊成留下小黑，其餘全送人好了！」已經升上五年級的麗美，用剛在學校從老師那兒學來的分析方法，提出自己的見解。

「我贊成大姊的看法，這九隻小狗雖然又難得，又可愛，但我們實在養不起。」小武附和的說。

「那小文，你有什麼看法嗎？」旺仔希望有不一樣的聲音出現。

「我，我覺得。」小文有些膽怯，但依然能提出自己的看法：「姊姊和哥哥的看法都很好，我也贊成，不過我覺得正如二哥所說的，能一次生下九隻小狗實在很難得，所以我希望最少能留一隻下來，這樣小黑也比較有伴，反正我們家應該不差多一隻小狗嗎，對不對？」

「好，首先我贊成麗美和小武的看法。」旺仔會心一笑，老么的小文果然跟他的想法最接近：「不過，小文說得也對，難得小黑能生下九隻小狗，如果全都送了人，對小黑實在太殘忍了，這樣好了，既然小文提議留下一隻，就由你決定留下誰好了。」

「我要留阿忠。」小文其實全部都不願意送人，但若是只能留下一隻，自然是與自己最親近的小狗阿忠了。

「麗美、小武，你們對留下阿忠有沒有其他意見呢？」旺仔知道大局已定，應該沒問題。

「沒有，阿爸，我們同意小文的決定，留下阿忠。」兩姊弟同時回答。

就這樣，由於小文的挺身護己，讓阿忠能留了下來；但天真無邪的阿忠，又怎知人類片面的決定，已經注定要將他們朝夕相處的手足同胞分離呢？

此刻的阿忠，終於體會到「悲歡離合」的「離」字了，他眼睜睜地看著兄弟姊妹們一個個被抱走，有的哀號不從，有的根本不知所措，而按照本省的慣例，要一隻小狗需要送給人家一斤糖，因為「糖」字的台語發音，類似國語的「藤」字，有繁衍不斷的意思，「天下無不散的宴席」，阿忠終於了解這句話的意思。

小黑眼見一隻隻自己親生的骨肉被送走，雖然心中百般不捨，但聰明又善解人意的她，能體會主人家的難處所在，還好主人將自己最小的兒子阿忠留下，總算是不幸中的大幸。就這樣，原本熱熱鬧鬧的小狗群，就只剩下阿忠孤零零的身影，阿忠只能衷心期望，他日兄弟還有重逢的時候。

阿忠雖然對其他八位送人的兄弟姊妹們常常無法釋懷；但反面一想，還好自己能留在母親身旁略盡孝道，而且還有最要好的朋友小蟲，日子自然也不會寂寞，匆匆一瞥，冬季又將來臨。

寒冷的冬天，對四季如春的寶島台灣來講，自然不算太酷寒；但從萬物凋零，樹木蒼翠不再的角度來看，台灣還是能看出冬季的影子，只是缺少大雪紛飛的浩大場面而已。

今天，由於寒流來襲，溫度異常的低，旺仔一家人早早便歇息，躲在暖暖的被窩裡是何等的愜意呀！不過也是為了準備明天的早起，畢竟阿爸還要外出工作，而小孩們又得上學呢！而準備早點的阿母阿娥，自然又是全家最早起的人。

全家睡到半夜，小武一陣尿急想上廁所，於是醒了過來；但溫暖無比的被窩之外，是何等的冰冷啊！小武百般不願意，不過依然敵不過膀胱的陣陣催促，披上外套，溜下床，想往裡面廁所小解一番。

突然他發覺前面的客廳兼廚房的地方，怎麼有一股濃濃的煙味，趕緊探頭一看，哇！不得了了，因為陣陣濃煙的裡面，竟然包著熊熊烈火。

「不好了，火燒厝了！」小武大叫，全家一聽非同小可，立刻一個個奪門而出！

一出門外，還好小武發現得早，否則全是木板簡單隔間，全部傢俱又是易燃物的家裡失火，後果一定不堪設想。

等全家人全部逃到屋外，就連小黑及阿忠也發現異狀跟了過來，而附近鄰居雖然屋子各自獨立，但也都聽到了叫喊聲音，趕過來了解情況，突然間，大伙兒正提著水桶要救火，只聽阿娥大叫一聲：「小文，小文呢？」

眾人被這一聲大叫叫傻了，對啊，怎麼沒看到小文呢？不是全都逃出來了嗎？

由於剛才的慌亂，卻沒注意到小文是否逃出火窟，阿娥顧不得大火肆虐，立即想衝回火場救人，但一把被旺仔捉住，因為火舌已經竄得好高好遠，而風勢淒厲，又助長了無情的大火。

「你瘋了嗎？這樣進去只有死路一條！」旺仔一把位住妻子阿娥，自己卻想衝進去，反而又被鄰居位住：「你們夫妻倆都瘋了嗎？這樣大的火勢，進去不只救不了人，自己也得賠上性命，人家說：『天公疼好人』，你家小文說不定不在裡面，或許有老天爺幫助，一定沒有事的！」鄰居們安慰地說。

鄰居的話剛一說完，突然有一道黑影迅速衝入火場，是「小黑」！

小黑一聽小主人還在屋裡，救人要緊，顧不得自己性命，衝入火場救人。

眾人在訝異不已中，又另一道黑影竄入，是「阿忠」！

阿忠一見母親不顧生命危險想救小主人，自己不忍心，也趕緊竄入火海之中。

火，是人類不可或缺的基本要件，也是人類脫離動物般生食的工具，更是所有動物中唯一被人類使用的器具，它是人類文明的開端，但正如「水能載舟，亦能覆舟」一

般，它可以為人類帶來文明，也能為人類帶來毀滅，所以人家說「水火無情」，正是這個道理。

眾人愣在現場，一見陣陣刮起的無情北風，加上乾燥的空氣，造成的火勢實在太驚人，若想以水桶救火，「杯水車薪」，實在無濟於事，只能任它燃燒待盡，並衷心祈禱小文及兩隻忠犬平安歸來。

不一會兒，火中黑影頓現，愈放愈大，而且是一大一小，前小後大，沒錯，就在眾人的期待中，阿忠順利帶領著小主人走出火場，離開這危機四伏的火魔之手。

眾人一陣雀躍，尤其是阿娥，見小文平安無事歸來，彷彿奇蹟發生一樣，除了又抱又親外，立刻雙手合十，雙腳跪地，謝起天地來，又順手一把抱住阿忠，對這隻冒生命危險引領小主人走出火海的忠犬，讚聲連連，就連趕來幫忙卻幫不上忙的鄰居們，也為阿忠的義勇行徑落下感動的淚珠！

但阿忠環視周遭，卻不見母親小黑的下落，突然小武大叫：「小黑怎麼還沒有出來呢？」這下驚醒了眾人，原本第一衝進火海救人的小黑，如今怎麼沒有看到呢？

阿忠一見母親並沒有走出火場，大驚失色，迅速間又第二度進入火海，這下可真把眾人嚇愣住了，因為祝融肆虐下的屋子已經搖搖欲墜，隨時有崩塌的危險。

阿忠的身影瞬間隱入火海之中，眾人又開始為他擔心，尤其方才因一時心急跑錯方向的小文，剛從火海歸來，心魂未定，一見阿忠又跳入火海，一時按耐不住，竟然大哭起來，眾人除了安慰小文以外，也為阿忠捏了好幾把冷汗。

凜冽的北風無情地吹襲，呼號聲扣人心弦，不僅助長了火勢，更讓現場的民眾起了一陣陣哆嗦，還好體貼的鄰居已經帶來了一件件溫暖的毛毯，分送給旺仔一家五口，俗語說：「寒冬送暖意」，鄰居間雪中送炭的溫情表露無疑，讓人想起以前的台灣鄉間，遠親還真的不如近鄰呢！

又過了一會兒，火海中又出現一道黑影，眾人靜靜一看，不，是兩道黑影，卻是一上一下交疊著，原來阿忠已經將陷入火海中的母親背了出來，不過由於小黑救人時也跑錯方向，途中又吸入不少濃煙，此刻已經奄奄一息！

小黑英勇救主，卻即將付出自己的生命代價！還好她一見兒子已經將小主人小文順利救出，也就心無掛礙，正困難地呼喘著重氣，看得旺仔全家人是淚流滿面，也看得鄰居們陣陣鼻酸。

旺仔不忍心再看，便立刻決定將小黑送回自己的巢穴中，讓他們母子兩犬單獨做最後的話別。

小黑看出主子旺仔的心意，眼眶中竟然淚珠盈盈，一顆顆地掉了下來，旺仔對這隻養育多年的狗仔，已經懷有濃厚的感情，也傷心地淚流滿面，用袖子拭了又拭，幾公尺

的距離彷彿走了幾光年，好不容易將小黑安穩地放回洞中，旺仔及家人，還有鄰居們，才對這隻為救主人而即將失去寶貴性命的忠犬，做出最後一瞥。

等諸位人類走後，小黑一動不動地躺在地上，眼睛卻睜著大大地看著阿忠，阿忠也不禁滴下了生平第一滴眼淚，卻發覺母親的頭竟然用力地晃了晃，眼睛卻盯著旁邊草叢裡看，阿忠心知有異，趕緊擠身過去，只見草堆內蓋著一只人類用的領巾，阿忠便將它帶銜了過來。

小黑一見到領巾，立刻露出溫柔的笑容，用力地朝阿忠點點頭，並且用盡全身力氣說了一句含糊的話：「……父……狼！」終於嚥下了生命中的最後一口氣，告別了這個世界！

阿忠一臉迷網神情，母親最後講了這比較清楚的兩個字「父狼」，什麼叫「父狼」？是說他的父親是一匹狼嗎？可是台灣哪有野狼的存在，頂多聽說在草山（現在的陽明山）地區有狐仙行蹤而已，但也沒有人真正見過，百思不解！

但思緒卻被悲傷迅速掩蓋，阿忠望看母親的遺體，又望著一旁的母親遺物，久久無法言語……。

隔天早上，旺仔檢視完被燒毀的住屋，還好本來家境就不算富裕，而燒掉這三間相連的小屋雖然有損失，卻算不上慘重，只覺得可惜罷了。根據前來勘驗的日本大人（現在的警察）說法，禍凶是煤油燈火苗未熄，被風吹到易燃物而起火燃燒，才造成這次的大火，還好木造的簡陋房子搭建極易，以前曾經學過建築的旺仔，身邊也存了些錢，因此重建家園並不困難。

到了下午，旺仔一家人一同來看小黑及阿忠母子倆，只見阿忠守在母親身旁許久，而小黑顯然已經斷氣，全身冰冷而且僵硬。旺仔便與阿娥商量，決定用本省習俗，「死貓吊樹頭，死狗放水流」，就在全家人的祝福聲中，小黑隨著滾滾的流水永別了！

小黑一走，旺仔便找來幾位建築師父，預定在過年前蓋好新家，全家則暫時住在鄰居家裡。

很快地，在一切順利下，旺仔的新家終於趕在過年前落成，全家一片歡欣，但總覺得一家平安的來由，都是小黑母子倆帶來的，如今小黑已逝，只剩下孤零零的阿忠，頗為寂寞，因此全家一經商量，決定在除夕夜給阿忠來個驚喜。阿忠就在被旺仔一家人蒙在鼓裡的情況下，並不知道主人們正算計到自己頭上呢！

就在除夕夜，阿娥當然準備好一切過年用品，如象徵步步高升的年糕，代表發財的發糕，讓全家都幸福如意的起家雞，及全家人團圓圍爐用的年菜等等，準備齊全，在大伙兒圍完爐，吃完年夜飯，發完紅包後，按本省人習俗，有所謂「初一早，初二早，初

三睡到飽」的慣例，因此就在全家正準備就寢前，終於為阿忠帶來他一生中最大的驚喜——「莉莉」！

莉莉是一隻混過血，但依然長得十分漂亮的狐狸狗，體型比一般的狐狸狗高大，身材也比較健壯，是既能觀賞又耐操勞的家用犬，也是旺仔全家人為感謝阿忠救小文的天大恩德，聊表寸心，更為今年似乎流年不利帶來最歡樂的心情，迎接嶄新一年的到來。

就這樣，阿忠有了漂亮的老婆莉莉，期待沖了喜的他，能早日走出喪母的陰霾，迎向更美好的一生。

二、魚躍龍門

阿忠一大早醒來，才五點初，天色還是一片灰濛濛，有著些許的霧氣，但是並不算太濃，只要陽光一現身，便能慢慢地將霧氣趨散趨薄，讓四周的景物重現清晰模樣。

阿忠剛打了一個哈欠，伸一起懶腰，突然看見手下小蟲飛也似地奔了過來，遠遠望見大哥阿忠，還邊跑邊叫：「不得了了，了不得了！」等跑到阿忠身旁，卻反而氣喘連連，一個字也說不上來。

阿忠心下一沉，知道將有大事發生！

「小蟲，先鎮靜一下，有事慢慢再說。」

「大哥，不好了，我一早餓得醒了過來，原本打算四處找看看有沒有吃的東西，哪知一走到庄中，只看見一大群黑壓壓的狗影散佈在庄中的馬路兩旁，氣氛十分緊張，還不時傳來陣陣低號聲，好像要打仗一樣。」小蟲根本沒有看過「打仗」，不過心想這樣形容或許大哥會清楚一點。

「小蟲。」阿忠聽完急切地問：「那你知道發生什麼事嗎？」

「我只聽說將有大事發生，就立刻趕回來通知你，至於會發生什麼大事，我倒忘了問？」小蟲雖然可靠、機伶，但總喜歡大驚小怪，卻不明究理。

阿忠深知有大事即將發生，否則群狗怎麼會一大清早冒著與人類照面的危險，集聚在庄子內唯一的大馬路上，還氣氛十分險峻呢！

阿忠不假思索，馬上知訴妻子莉莉有要事出去一下，睡夢中的莉莉點了點頭答允，阿忠便吩咐小蟲通知弟兄們前來助陣，自己則先單槍匹馬，直奔庄中而來。

原來本村庄名叫「斑鳩寮」，坐落在雲林縣西螺鎮南方七公里處，全庄共分三大區域：首區是「庄頭」，包括車站、菜市場及與鄰庄相毗鄰的一大片墳場，是全村最富庶的地區，目前由狗老大老黃坐鎮主持，老黃雖然年邁，但手下十來隻健壯惡犬，勢力最為龐大。

其次是「庄中」，全庄只以一條大街為主幹，其餘小路呈垂直及不規則形狀貫穿相連，這條大馬路即是全庄唯一對外聯絡大道，住屋並列兩旁及小巷內，是人口最密集的地區。

本區原本狗老大是來福，前天卻遭人類毒死，原因不明，目前剛由新人接任，但在還沒有穩坐大位，便有庄頭的狗老大老黃前來挑釁，實在是「屋漏偏逢連夜雨」！

至於「庄尾」，則已經由剛竄起的新人阿忠掌控大局，使原本全村庄最不受人重視，也是唯一沒有狗老大的庄尾有了新的生氣，散兵游勇有了主子，自然說話也能大聲一點，尤其阿忠的聲名早傳遍全村，甚至鄰近村庄亦有耳聞，自然也是一股不可忽視的力量；無奈大將手下無強兵，因此庄尾的聲勢一直提振不起來。

阿忠邁步前跑，身軀雖然龐大，速度卻異常快捷，遠望前方道路，薄霧籠罩之下，果真黑壓壓一片，氣勢十分驚人。

等到阿忠跑近一看，足足有數十隻狗兒圍住現場，中間有一邊三狗，共六隻上下方對峙著，下方是一大二小，但面對前方的三隻大狗，依然氣勢不輸人，彼此低號著，緊盯著對方，卻都不敢輕易出手。

而上方三大狗的後面，坐著一隻老黃狗，此狗正是聞名鄰近四方的狗老大老黃，正用一股冷冽冽的目光盯著情勢變化，而護衛他身旁的保鑣狗，卻是兩隻更兇更惡的大狼犬，左邊這隻只有一隻眼睛，所以大家管叫他「獨眼」，右邊那隻有一腳略跛，大家管叫他「跛腳」，兩隻令人生畏的殺手級惡犬護衛住狗老大老黃，讓阿忠大開眼界。

等到阿忠擠到前面的時候，雙方已經大打出手，雖然一大二小這邊勇氣十足，但論速度、體力及反應，皆落居下風，尤其致命傷在於「經驗」！

不一會兒，那二隻體型較小的狗兒已經傷痕累累地跳出攻擊圈，卻也氣喘連連；而較大的一隻雖然受傷較輕，氣勢仍然很強，三隻狗尾巴互靠，頭向外呈放射狀排開，另外三隻打架經驗老道的惡犬，分三路向內圍住對方，顯然已經穩占上風。

不下一分鐘，六狗又再度打在一起，一下子一對一，一下子二對一，經驗不足的這方，只能零亂地守；經驗老道的對方，卻毫不留情地有計畫攻。又過了十分鐘，那兩隻較小的狗已經偏離一旁，搖搖欲墜地合攻一隻大犬，與其說「合攻」，不如說「合守」，只要拖住對方一犬，那本方人犬與對方二隻惡犬還是有得拚。

不過這種策略隨著那兩隻小犬的相繼倒地而告瓦解，原本就以一抵二的那隻大狗，正與對方二犬相對而立，互相低號，目光炯炯，殺氣熾烈，讓對方二犬不敢輕舉妄動，看得眾犬加油吶喊，讚嘆不已，他看得狗老大老黃頻頻點頭！

阿忠站在下風處，對於那隻雖然身處劣勢，卻依然奮戰不已的大狗十分眼熟，好像在哪兒見過，一時就是想不起來。待微風一吹，那狗身上所散發出來的體味，經鼻子一聞，唉呀！那不正是多年不見的五哥「木星」嗎！而在一旁圍觀吶喊的，不正是七哥「天王星」嗎？

此處依然是一對二，雙方都不敢踰越雷池一步；但另外一旁，隨著兩隻小狗無聲地倒地後，另一隻惡犬卻慢慢地挪移身軀，在眾人不注意下，竟然悄悄地繞到那大狗背後，冷不防躍身而起，一嘴尖牙朝那大狗狠狠咬來！

說時遲，那時快，那大狗一聽身後有異狀，轉頭一看，不得了了，空中有一犬偷襲而來，若轉身回應，眼前的二犬必然攻殺過來，勝負立判；若不轉身應敵，身後必受重創，依然必遭慘烈連擊，心想今日非一敗塗地不可！

就在千鈞一髮之際，突然空中另一道黑影撲來，後發先至，速度更快，一巴掌結結實實地望偷襲的那隻惡犬當頭劈下，那惡犬慘叫一聲，向旁邊滾了過去，摔倒在地上，竟然爬不起來！

眾狗都大吃一驚，等到那團黑影落地後，眾狗一瞧，那不是「阿忠」嗎！

五哥木星一見危急中有人挺身前來相助，登時後撤十來步，算準安全距離，再轉頭回看，那不正是多年不見的小弟阿忠嗎？立刻猶如吃了一顆定心丸，將剛才的傷痕及挫敗遠拋九霄雲外，活力再現，彷彿又百分之百充完電，與阿忠昂首並立！

七哥天王星眼見小弟阿忠的突然加入戰局，造成局勢大逆轉，一則以喜，一則以憂。喜的是兄弟久別重逢；憂的卻是不明究理的阿忠突然前來「擾局」，這戰局如何收尾呢？

五哥木星本來就是小黑所生九犬中第一大塊頭，機智雖然不及阿忠，蠻力卻不相上下，因此兄弟一聯手，氣勢立刻磅礴不少，殺氣也像燎原般四處散列，另兩隻惡犬反而

退了數步，倒有些許顧忌似的。

但另兩隻惡犬終究是身經百戰的狠角色，心想哪能叫這兩隻後生小輩看輕，互望一眼，瞬間眼冒兇光，竟然也慢慢逼近對方，絲毫無放鬆之意。

而這邊的狗老大老黃，一見有陌生狗半路插手，又見對方如此勇猛，不僅沒有立刻喊「暫停」，竟也有意看事情發展的結果，尤其身旁小弟級小狗來報，說此狗乃庄尾大哥級人物阿忠，更讓狗老大老黃眼睛為之一亮。

旁邊眾狗見狗老大老黃並未吭聲，心想既然阿忠兄弟聯手，自然有看頭，也都摒氣凝神，靜待進一步發展。

四狗八眼互瞪，彷彿迸得出火花，猝然那兩隻惡犬一擁而上，竟朝阿忠聯手攻來，心想聯合二犬之力先解決了你，再來收拾受傷已經不輕的木星！

哪知算盤打得精，竟踢到了鐵板，阿忠何其神勇，兩狗雙雙攻來，阿忠竟不閃避，也衝了過去，以一敵二，看得眾狗瞠目結舌，也看得狗老大老黃心中暗自叫好！

阿忠向前一躍，竟然飛過那兩隻聯手來襲的惡犬，在空中一扭身，一隻巨掌「啪」得一聲，結實地打在其中一隻身上，那惡犬來不及煞車，一頭栽倒在地，昏了過去！

而阿忠雙腳剛一著地，立刻朝身體已經落地的另一隻惡犬身上撲來，速度之快，氣勢之強，壓得另一隻惡犬撲地求饒，如此完整大幅描述，時間卻只在一瞬間，看得想飛身來救的五哥木星無從插手，也看得圍觀的所有小狗，一時嘴巴張得大大的，竟然忘了拍手叫好！

七哥天王星一見如此，也愣了一下，突然又驚醒過來，雖然打贏了，卻一點也不歡喜，因為狗老大老黃一直都不發一言，令他著實捏了好幾把冷汗，反倒希望阿忠輸了，原因是這三隻惡犬的實力，哪及狗老大老黃身旁那兩隻蠢蠢欲動，而且目光及手段都十分凶殘的殺手級惡犬呢？

七哥天王星側頭一想，立刻靈光一閃，大聲叫好起來，登時四方轟然雷動，歡忭如沸，叫好之聲不絕於耳。七哥天王星馬上跳入戰場，想趁慌亂之中帶走阿忠，哪知如意算盤只打成一半，狗老大老黃登時站了起來，大喝一聲：「那裡來的野狗，竟敢搗亂我們的遊戲規則！」

阿忠本來救了五哥木星，又幫他打贏惡犬，內心高興異常，正想偕同五哥去找七哥敘舊一下，哪知狗老大老黃起身竟然衝著自己有此一問，倒讓阿忠一時難以回答。

九子中號稱「智多星」的七哥天王星，見狗老大老黃開了尊口，不回應不行，馬上回道：「回狗老大的話，原本我方就要派出阿忠當三犬代表之一，只是他來遲了，才臨陣換人，既然阿忠又急忙趕來，當然沒有聽到事先約定的遊戲規則，才會冒然加入已經啟動的戰局，絕非是外來攪局的野狗。」

狗老大老黃冷冰冰地「哼」的一聲，顯然不接受天王星的強詞奪理，但內心已經極度佩服阿忠的身手及勇氣，有意考考他，於是面色凝重，一言不發地朝左右兩大護法看了一眼，那兩隻殺手級惡犬，一名「獨眼」，二叫「跛腳」，也隨之站了起來，口中同時發出極細的低號聲，聲音不大卻恐怖異常，彷彿來自地獄死神的召喚，令人聽了毛骨悚然，同時邁出細小步伐，直接朝阿忠緩緩地走了過來，雖然動作極小極慢，但殺氣卻異常猛烈，彷彿兇神惡煞一般，想撕裂對方。

而阿忠見狗老大老黃揮動手下，心想「來者不善，善者不來」，大意不得，也緩緩邁開步伐，竟然朝那兩隻氣焰囟騰的殺手級大惡犬走了過去，以一敵二，氣勢依然不減。

七哥天王星見狀，心下大叫不妙，知道狗老大老黃動了怒，只要左右護法一出，必然見血，於是衝向前去，想拉住阿忠，並大叫道：「阿忠，快逃命啊！」

聲音未止，三犬竟然已經動起手來，速度之快，看得眾犬眼花繚亂，只見前方有三大黑影在彼此間晃動不定，卻都未曾出手，只是純粹跳躍式而已，沒有幾下，又各自退開數十步遠，還是口中低號地對峙著。

其實這種跳躍法都只是試探性質，因為雙方都知道對手太強，只要一有閃失，就非敗不可，因此試探以後的動作，自然就是生死決戰了！

雙方一觸即發，猝然聽到遠處有一聲小狗慘叫聲，劃破了原本沉靜的氣息，原來此時天色已經大亮，不少農人都已經吃過早飯，想到田裡幹活去了，突然看見街道上竟然有一大群狗兒圍聚，好像要打群架似的，立刻通知鄰居街坊，各各手中抄起扁擔長棍，想打跑這群正在撒野的狐群狗黨！

剛好有隻倒楣狗，正看得場中撕殺劇烈，竟然忘了身後的危險，今天真的活該倒大楣，有一名農人高舉扁擔，挑上了他，一狠棍落下，打得那狗兒殺豬般叫，這時眾狗才回過神來，一見有五、六個人類，各各手抄傢伙，惡狠狠地攻來，嚇得拔腿就跑，一時亂成一團！

七哥天王星見狀，趕緊拉住五哥木星及小弟阿忠往外就跑。狗老大老黃一見人類插手，也揮動手下，緩緩後撤，來得有秩序，退得也有規則，可見其雄才非一般小狗能比。而眾圍觀小犬也一哄而散！

阿忠正打得過癮，卻被七哥天王星拉走，有點心不甘情不願的，但當七哥天王星詳細描述前因後果，阿忠這才發覺，原來是自己的魯莽行徑攪亂了大局。

事情的這樣的，庄中狗老大來福正值新喪之期，臨死前指定體格最壯碩的木星接大位，並由其兄弟，號稱「智多星」的天王星輔佐，才安心地闔上雙眼離開世間！正

在大伙兒悲傷哀痛之餘，突然名聞遐邇的庄頭狗老大老黃遣使者來訪，想跟庄中新老大結盟。

但原本庄頭、庄中及庄尾三大地盤，都是井水不犯河水的，也就是各自為政，特別是庄中的狗老大來福，據說是遭庄頭的人類毒殺身亡，雖然人事不關狗事，但是庄中眾狗自然不願與勢力太過龐大的庄頭結盟，深怕是狗老大老黃見庄中新老大木星好欺負，先結盟後併吞呢！因此眾犬都持反對意見，反正「橋歸橋，路歸路」，各管各的，不就天下太平了嗎？

不過庄頭狗老大老黃，似乎對結盟有強烈的興趣與希望，遣使多次，卻都無功而返，便改用最原始的解決方式，各出三犬相鬥，庄頭贏的話，雙方結盟；輸的話，恢復原狀——「井水不犯河水」！

庄中「智多星」天王星心想，只要自己這一方有所戒備，就不怕庄頭搞花樣，何況輸贏都不打緊，便讓木星一口答應，來個「以武決斷」！

如今雙方在勝負快要決定的時刻，突然冒出了程咬金——阿忠，雖然庄中反敗為勝，卻破壞了遊戲規則，七司天王星心想，既然狗老大老黃出動左右雙煞，很可能是大動干戈的前兆，或許雙方大戰之時當在不遠，於是趕緊召集所有相關決策人員，一同共商大計。

阿忠這才明白，原來雙方早定下規則在先，絕不傷害對方性命，如今因為自己的魯莽行事而破壞規則，內心深感歉意，除了口頭致歉以外，內心也下定決心，日後行事一定要「三思而後行」！

但道歉無濟於事，雙方既然撕破臉，接下來的自然是即將引爆的群狗大戰，而庄中及庄尾兩派，因為都是親兄弟掌權，便適時結為盟友，相互支援，並輪流派出探子，四處打探庄頭的動靜，知己知彼，才能防患未然。

阿忠將全部事情處理完畢，已值深夜，也不再多想，回家倒頭便睡。

次日一大清早，手下小蟲再度來報，說庄頭狗老大老黃特遣專任使者前來拜見。阿忠遲疑一下，心想「來者是客」，於是請了進來。只聽對方客氣地邀約阿忠，請他在今天中午前去狗老大老黃家吃個便飯，如此而已，別無他說。阿忠倒一時顯得進退兩難，但是一見到對方如此誠懇及客氣，心想此事由己而發，自然得要自己出面解決才行，於是一口答應。使者便欣然回覆，言明中午不見不散！

阿忠立刻吩咐重要手下，一同前去庄中五哥木星家商量大事，其餘警戒，按兵不動。

待眾犬來到庄中新老大木星家的時候，阿忠已經心下有所盤算，道出自己願意隻身前往赴宴，但是五哥木星及七哥天王星哪肯放人，心想這一定是有死無生的「鴻門宴」！

不過阿忠講出自己的看法：第一，此事由己挑起，當由自己解決；第二，庄頭狗老大老黃乃一方霸主，一向以義氣為重，應當不會為難後生小輩，若他有意來攻，就不會遣人來邀，以庄頭的實力，想統一庄中及庄尾，只是時間早晚問題而已，何況對方只表明想要結盟罷了；第三，自己一人出面反倒理直氣壯，對方萬一使詐，也只犧牲一人，對方亦落個「強欺弱，眾暴寡」的惡名，一向甚是惜名的狗老大老黃，一生光明磊落，當不至於砸毀自個兒建立多年的「好名聲」招牌。

阿忠雖然講得頭頭是道，頗負道理，亦為大眾所信服，但為防萬一起見，七哥天王星便下令由阿忠手下小蟲一同前往，以有個相互照應，並約定時間，只要太陽一下山，阿忠仍然未歸，將率大眾前去討人，不惜背水一戰，誓死維護阿忠及庄中、庄尾尊嚴。

阿忠聽完，點頭表示贊同，並吩咐手下加強戒備，自己則偕同小蟲，兩人一同赴宴，赴向未知生死之宴。

阿忠與小蟲一到庄頭及庄中交界處，已經有兩隻特遣狗前來迎接，態度都十分客氣與禮貌，一點兒也嗅不出火藥味。阿忠疑心大增，但不便表示意見，於是大搖大擺地跟了過去，而誓死效忠大哥阿忠的小蟲，也吃了熊心豹子膽，一路跟了下去。

阿忠一見庄頭街道，腦海中立刻浮現出小時候的印象，自己小時候曾與兄弟們前來此地玩耍，如今景色依舊，人事已非，心情早就大不相同，心想「小狗無國界」，長大後卻各執一方，互不相讓，輕者謾罵叫陣，重者兵戎相見，真是感慨萬千，又想到此行生死未卜，於是提高警覺，無心再眷戀童年往事，小心翼翼地跟了下去。

到了庄頭車站，又換了帶路犬，小蟲在這裡被擋了下來，阿忠心想「既來之，則安之」，便吩咐小蟲在這裡等候，一行人才又往東而去，漸漸到了人煙稀少的墳場區，只一小路岔入，就進入了墳區，一大片亂葬崗登時呈現眼前，氣氛異常恐怖，令人不寒而慄。但那是對人類而言，對狗族來講，這裡才是最安全及隱密的天堂。

眾犬拐了數拐，彎了數彎，便進入一小片雜亂的密林之中，鹿仔樹在風中微晃枝條，幾棵龍眼樹上有白頭翁正在嬉戲。阿忠一路心下暗記路徑，待再一次轉彎後，只看見狗老大老黃已在眼前，正準備好一頓豐盛的午宴等待他的前來。

只看到狗老大老黃的左右身邊，各坐一隻狗兒，都是斯文相貌，不是左右兩隻惡煞般護法。阿忠看到這樣，依然毫不做作，上前走了過去。等那兩隻引路犬回去以後，當場只剩下四犬，阿忠登時開口便說：「小輩阿忠昨日無意冒犯了尊嚴，如今又承蒙厚愛，邀宴於此，真是萬分歉疚，受之有愧！」

「哈！哈！阿忠小兄弟，我老黃就是欣賞你這種知過能改的個性，比起那些死不認錯的高手強上千萬倍，來，快請坐下，別婆婆媽媽的，我們倆兄弟相稱好了！」

狗老大老黃出言誠懇，阿忠倒是不知道應該接受與否，但一想到既然對方有誠意，自己就不用再拘謹了，否則反而顯得矯揉造作，便回道：「多謝大哥大人大量，願意原諒小弟，小弟萬分感激！」

「好說，好說，哈！哈！」狗老大老黃心情愉快地說：「快請坐下，當做自己家，不用客氣。」

阿忠便在狗老大老黃對面坐了下來。狗老大老黃先介紹：「阿忠老弟，我左邊這位是替我掌管行政的『老徐』，右邊這位是替我掌管財政的『老伍』，雖然年紀都只是中年，但是我老徐、老伍叫習慣了，別人還以為他們的年紀真的很老了，哈！哈！」

阿忠一聽狗老大老黃竟然輕鬆地介紹起身邊最重要的兩位要員，不僅頗為訝異，原本以為撕殺一場難免的「武戲」，如今卻是十足無火藥味的「文戲」，心中大為驚訝及納悶，但是等他聽到狗老大老黃說出與庄中結盟的原因，以及對自己看法的時候，更是震撼不已！

「阿忠老弟，你我一見如故，不如咱們結為金蘭兄弟，你看如何？」狗老大老黃誠摯而且清晰地一字字說完。

「老大如此厚愛，小輩阿忠如何承受得起！」阿忠也謙虛地回道。

「老弟，你還是太見外了。」狗老大老黃微笑地分析說：「第一，我是庄頭老大，你是庄尾大哥，咱們輩份並無分別，大可平起平坐；第二，我老黃一生閱人無數，最欣賞的就是有勇氣的人，而你就是其中之一，因此除非你嫌棄老黃我人老高攀不上，否則咱們就不用再客套了。」

狗老大老黃講得合情合理，倒逼得阿忠不得不答應；但是阿忠內心反過來一想，如此不僅能化干戈為玉帛，更能交上狗老大老黃這位響叮噹的異姓兄弟，何樂而不為？於是就不再客套，高興地回道：「承蒙狗老大厚愛，小弟阿忠就恭敬不如從命了。」

「哈！哈！這才是我的好兄弟。」狗老大老黃也興高采烈地說：「那我就叫你老弟，你叫我老哥好了，來，來，快請用餐吧，菜都涼了，哈！哈！」

阿忠這才放心地看著前方滿滿一桌的佳餚珍饈。狗老大宴客用的桌子，不是人類用的木桌，而是就地取材的墓碑，平齊而潔淨，人類最忌諱的東西，對狗族反而是一種便利。上面擺放有全雞、全鴨大餐，豬心、牛肺等主菜，還有許多小點心，如老鼠尾巴、小鳥翅膀、鮮魚頭等，其中最特殊的就是人類吃的牛肉罐頭，香味撲鼻，令人垂涎三尺！這許多都是阿忠未曾吃過、看過的食物，今天真是大開眼界。

四狗在一片和樂的氣氛中用餐，話了一小道家常，等到阿忠問起狗老大老黃，就是現在阿忠的異姓大哥，老黃立刻面容嚴肅起來，侃侃而談：「說來話長，這要從北方的村子談起。」阿忠聚精會神地聽。

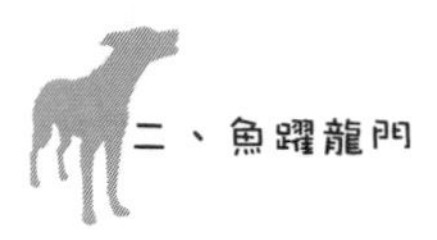

「北方出現了一隻犬類大凶神，是一隻標準體格的大狼犬，名叫『犬狼』，智勇過人，性情卻是兇殘無比，帶領一批奸惡手下組成魔犬大隊，到處恣意攻殺，奸淫擄掠，無所不用其極，雖然聽說他本身少有惡劣行徑，但是任憑手下胡作非為，因此所到之處，立刻形成狗族地獄！而且出沒無常，形蹤飄忽不定，難以捉摸，所以已經有許多村庄的狗族遭受滅族之殃了！」

「跟據最新情報顯示，那批兇神惡煞在破壞北方的庄子以後，矛頭已經漸漸南轉，與我們碰頭的時間大概不遠了，我也憂心忡忡，希望全庄頭的狗族能夠早日團結起來，共同抵禦外侮，無奈原本本庄的狗族各自為政，恰巧庄中狗老大來福又被毒死，才會引起如此天大的誤會，還好如今誤會隨著我們兄弟的結拜，應該可以冰釋了！」

阿忠聽完不禁瞪大了雙眼，原來狗老大老黃是好心為庄子出力，而不是想攻城掠地，為自己擴大勢力範圍，不禁心下佩服得五體投地，也深幸自己能交上這種有擔當，有作為的異姓兄弟。

狗老大老黃又說：「如今情勢愈來愈緊急，我的心也愈來愈沉重，一則因為自己年事已高，無法再親自領軍奮戰，因此正在尋覓接班人選。」狗老大老黃詭異地笑看阿忠，又接道：「二則，一見全庄各自為政，形同一盤散沙，若是平時自然無礙，也是一種極好的相處之道；但是一旦進入爭戰之時，便極易被逐一擊破，而且我們即將面臨的對手，是空前厲害的，即使團結了，不及早準備，妥善因應，依然噩運難逃！」

狗老大老黃一說完，一時氣氛為之沉悶，但是突然聽到他卻哈哈大笑起來，顯然胸有成竹。

「老哥，看你一付自信模樣，莫非已經找到庄頭接班人，而且已經有全庄團結禦敵之計了？」阿忠急切地問。

「沒錯。」狗老大老黃一口肯定地回答：「我不僅找到了庄頭接班人，更找到了全庄接班人，只要有他出來登高一呼，加上全庄有錢出錢，有力出力，一起齊心合力地大團結，那麼對付犬狼，自然不是大問題了！」

阿忠一聽說老哥狗老大老黃已經找到合適人選，也眉開眼笑，為他高興地說道：「老弟絕對相信大哥眼光，也急著想見一見這樣的人才，煩請大哥找個時間替小弟引見引見。」

狗老大老黃有意逗他，便道：「選日不如撞日，老弟既然對他有興趣，想見一見他，沒有問題，馬上為你引見！」

但見阿忠焦慮的期待眼神，狗老大老黃立刻得意地笑了，心想這小子還有待磨練。等到阿忠左顧右盼，卻看不到人影，而且看狗老大老黃及另外二犬，都對著自己相互微

笑，登時心下大明，驚疑地說道：「老哥莫非指的是我，阿忠年少經驗淺，如何承擔得起這樣的重責大任呢？」

狗老大老黃大笑道：「年少，只要有勇有謀，依然能成大事；經驗少，只要有適當人選襄助，領導能力強就能補足。我早就聽說過老弟的故事，又在比試場中見到你身手不凡，足見是個難得人才，如今你是身為庄尾老大；庄中目前老大又是你五哥木星，而人稱『智多星』的七哥天王星也在其中；至於庄頭，你既然是我老黃的結拜兄弟，自然與我平起平坐，況且我年事已高，身邊又缺乏既有領導能力又可服人的人才，如今放眼全庄，能不動干戈團結起來，就非老弟一人莫屬了，看在全庄生死與共的份上，希望老弟不要再謙讓，該是我們共同團結禦侮的開始了。」

阿忠原本有意推讓，但聽狗老大老黃如此分析，已經不是自己能逃避責任的時候了，於是同仇敵愾，意氣高昂地回道：「既然老哥看得起阿忠，又是生死關頭，時間緊迫，只要大家願意幫我，老弟阿忠義不容辭，必定全力以赴，誓死捍衛家園！」

「好，這樣才是我的好老弟！」狗老大老黃深深地點頭稱是：「我總算沒看錯人。」

大事既成定局，狗老大老黃立刻遣人回報庄中，庄中大伙兒心上石頭才放了下來，並為阿忠能與人人敬重的狗老大老黃結為兄弟，紛紛替他感到高興，但是又聽到狗老大老黃有意傳位給阿忠，更是驚喜萬分！

狗老大老黃的使者並與大家約定明日中午，在庄中隱密處集合全庄代表，共商保家衛鄉大計。

隔日中午，庄頭、中、尾三方代表聯合出席，在一處人類廢棄的隱密小木屋裡，共舉阿忠當本庄狗老大，全數無異議通過。

阿忠於是緩步登上小土丘，一個臨時搭建的演講台，雙目炯炯有神地環顧現場代表一周後，便用略帶生澀，卻頗負自信的語調說：「承蒙大家看得起小弟，小弟原本心想輩份既低，又何德何能，怎麼能夠肩負如此的重責大任呢？但心念又一轉，情勢比人強，北方大凶神犬狼的邪惡部隊隨時可能來襲，若無充分準備禦敵，又怕有被毀庄滅族的惡運，因此不敢再有推讓的意思，希望大家能在這麼緊急又短促的時間下，彼此一體，同舟共濟，為保衛家園，共同來對抗最邪惡、最凶殘的魔犬大隊！」

話剛說完，台下一片叫好聲此起彼落，頓時讓原來就各自為政的三方同仇敵愾，心手相連，這也難怪，如今能登高一呼，萬方響應的「超狗氣」大人物，就非阿忠莫屬了。

於是阿忠便與老黃、木星及天王星四犬協商大計，將全庄狗族中的老弱婦孺及傷殘者列為補給大隊，掌管全庄伙食、起居及醫療等後勤補給；其他壯丁狗則集中特訓，分

隊演練戰技，並分組加以競技，優秀者拔擢為大隊長及小隊長，其餘則為隊員，但不論階級為何，大伙兒一條心，不分彼此，都全力為保衛村庄而流血流汗。

阿忠左有狗老大老黃當顧問，曉以當老大的寶貴經驗；右有七哥天王星當參謀，時時提供因應對策；再加上勇猛過人的五哥木星負責實際操練戰技指揮官；又有殺手級戰犬，原狗老大老黃手下獨眼及跛腳當貼身保鑣。

原本阿忠並不願意接受狗老大老黃的好意，將兩位最得力的貼身護衛讓渡過來，一則自己年輕力壯，足以保護自己；二則狗老大老黃年事已高，更須有人照應。無奈老哥卻另有高見，因為兩軍交鋒的時候，主將必須冷眼旁觀，身居高處指揮調度，若是危急中不幸遇難，等同不戰而降，因此堅持己見。

阿忠見狗老大老黃護己心切，萬分感激下，恭敬不如從命，不過也挑選了兩隻身手不凡的狗族當其護衛，或許這正是天意，狗老大老黃早已誓死如歸，全心全意都放在阿忠身上，卻也加速自己生命的凋零！

全庄在幾位能力強的領頭狗帶領下，氣象一新，不僅平日偶有打架的爭端從此不再發生，連小偷也銷聲匿跡，這倒使得人類頓時覺得莫名其妙，很快地成為茶餘飯後的新鮮話題，當然，自認為是萬物之靈的聰明人類們，又怎麼知道這全是阿忠及其團隊的幕後功勞呢？

三、衛鄉忠魂

經過全體上下一個多月的禦敵特訓，使得全庄狗族全民皆兵，空前大團結。

一日，密探來報，說魔犬大隊已經越過北方七、八公里遠的天然屏障「濁水溪」，在當地交通要衝的大鎮「西螺鎮」造成嚴重的大災難，一時撼動四方村落，但能洞燭先機，早有萬全準備的，也只有阿忠這一個村庄，這完全得感謝原庄頭狗老大老黃的未雨綢繆。

魔犬大隊在對手毫無準備，或蒼促成軍之下，勢如破竹，等到大破西螺鎮後，又如一貫作風，迅速銷聲匿跡，因此魔犬最可怕的地方，並不在於正面的衝突，而在於不可預警下的突擊！

阿忠等頭領已經看出這一點，不過本庄只有南北向交通小道，四周皆是田間小路，若由北繞道南攻，就要繞上一大圈路，反而容易掌握行蹤，因此阿忠們四處派置密探，一有風吹草動，即刻回報。

阿忠們篤定魔犬要來襲攻村，必從北方而來，因此置下重兵，高度防禦，分三路迎敵。

左右兩路採埋伏之計，左路由木星率領，右路由老黃率領，等敵軍通過後，再兩面夾擊，來個「夾心餅攻式」；而最重要的中路，由阿忠親自率領，左右護法跟隨，天王星隨侍獻策，如此三面夾殺敵人，必可重創對手。

但魔犬也不是泛泛之輩，在渡河重創西螺鎮後，聽說立刻分東西兩路散去，又失去了蹤影，而密探所回報的，都只有含糊的訊息，附近立刻謠言四起，說魔犬大隊乃「地獄的使者」、「死神的手下」等等，來無影，去無蹤，遇者非喪命或喪膽不可，一時風聲鶴唳，草木皆兵，魔犬未到，自己已經軍心大亂。

阿忠本庄並不理會這種毫無根據的謠言，在「無恃敵之不來，正恃吾有以待之」的充分心理戰準備下，並未隨之起舞，因為他們知道，魔犬大隊雖然都是烏合之眾所凝聚而成的臨時隊伍，其中大多數又是半途強迫加入的，但卻亂中有序，可見得犬狼是隻受過高度嚴格訓練的智慧型狼犬，對指揮大隊頗有一套，因此「打了就跑，跑了就散，散後再聚，聚後又打」的游擊式作戰方法，總讓沒見過世面，只會胡亂打架的狗族，如丈二金剛一般——摸不著頭腦。

一大清早，探子火速來報，說鄰近村庄被攻殺劫掠者，無一倖免，而魔犬大隊正集結在北方大約三公里的樹林內，等到用畢早膳後，即刻來襲，目標就是本庄！

阿忠立刻召開「緊急作戰會議」，待確定消息無誤後，立刻將庄內老弱婦孺，先快速送到早已設置好的隱密避難所，再調兵遣將，按原分配方案火速佈陣，並由小蟲等少數機伶狗戍守南方要道，以防萬一，而主力依然放置北方，阿忠心想，與魔犬對決的時刻應該不遠了。

果如阿忠等所料，魔犬大隊依然信心滿滿，心想這樣小的村庄，應該是路過之地而已，因此大剌剌地由正北方直衝過來，心想快意破壞一陣後，必可繼續南攻，還有若干富庶大鎮或大鄉正等著他們呢！

於是由副隊長率領大軍正面迎戰而來。而主將犬狼此刻並不在大軍之中，到底上哪兒去，就沒有人知道了？

副隊長「尖牙」，也是一隻正統的大狼犬，在魔犬大隊中，包括犬狼在內，共有四隻純種大狼犬，此次正面來襲的就有三隻，都是一等一的職業級大殺手，都有瞬間奪命的強悍本領，其餘則是臨時加入的烏合之眾，不過由於作戰經驗豐富，也算是殺人不眨眼的凶惡猛犬。

尖牙一率眾攻入庄前一里處，立刻有些警覺，發現沿途竟然沒有半隻流浪狗兒，氣氛有些詭異；但心念又一轉，可能是他們的威名遠播，早被嚇破膽躲了起來！心念略有

停頓，腳下卻依然速度不減，左右各由一隻大狼犬護架，心想管他那麼多幹嘛，只要人類不插手，應是打遍狗界無敵手！

大隊推進到半公里遠，身經百勝的尖牙立刻停下腳步，一時大隊煞車不及，頓然停了下來，還有幾隻心急的狗戰士跌得四腳朝天，狼狽不堪！大伙兒一陣莫名，怎麼副隊長忽然停了下來。

到底副隊長是僅次於犬狼的厲害角色，已嗅出些許的不尋常，便先派手下前去打探消息，大隊原地不動。

手下很快回報，庄內人類生活一如往常，只是未見半條狗影！

尖牙才鬆了一口氣，「只要人類不幫忙，就是我們的天堂」！揮軍再行，不過自信滿滿的他，作夢也想不到正落入一個大陷阱中，而陷阱中將要送他回「老家」的，竟然是一隻初出茅廬的小伙子呢！

副隊長尖牙意氣風發，帶領大隊人馬如潮水般湧來，氣勢如萬馬奔騰，等到親率的先鋒部隊到達村口約500公尺左右，突然前方也黑壓壓一片，原來阿忠正帶領大批集訓一個多月的手下，整整齊齊地矗立在遠方。

尖牙一見對方竟然有備而來，便在相距約100公尺左右迅速口令一喝，當場大隊收斂起方才的風掣電馳般急奔，改以慢步前進，並高聲吩咐手下，對付這些自以為是的鄉巴姥，只要在相距50公尺左右，突然加速急奔，再一口氣將對手殲滅！

待尖牙走到將近50公尺處，猝然大喝一聲，大隊以急速奔向庄口，人人爭先奪功，各各張牙舞爪！而阿忠見狀，不敢怠慢，也喝動庄園自衛隊，迎面攻了過來，兩隊正面衝突，一時驚天動地，風雲變色！

尖牙大隊採的是「混戰攻擊法」，即發現目標就下手；而阿忠這邊用的是五犬一組的「小組攻略法」，合五犬之力迎敵，因此兩軍交鋒，上下風立判！

尖牙所帶領的先鋒部隊竟然遭遇如此的頑強抵抗，是他所始料未及的，顯然這個小村庄中有能人撐腰，正準備等後方主力大隊跟來，以多擊寡的時候，突然身後喊殺聲大起，尖牙大吃一驚，回頭一看，後頭部隊正遭逢兩面夾擊，情勢比先鋒部隊更加危急，一時將原本天高的氣魄跌落谷底，隊伍瞬間大亂，攻擊線頓時崩潰。

尖牙一見如此場面，還算鎮靜，心想今日必定大敗，但不到最後關頭，勝負依然難分，俗語說：「擒賊須擒王」，立刻做出暗號，調來左右護駕狼犬，一叫「黑鼻」，一名「白眼」，三犬相會，所向披靡，頓時使原本的頹勢扳回不少，三犬一組的攻略法比阿忠的隊友強太多太多了，因此可憐的村庄小狗，在短時間的集訓下，依然實力相差懸殊，犧牲不少性命！

但尖牙三犬組的目標並非放在弱勢的小狗身上，而是庄內的靈魂人物，中路必定最強，必須先避其鋒，等收拾完另兩路的頭領人物，挫其氣焰以後，再與中路的主將阿忠及他的左右兩隻狼犬護法對決，心下盤算已定，返身竟往庄外殺出！

三犬先見左路有一隻體格健碩的年輕大犬神采飛揚，打遍天下無敵手，再一看右路遠方，也有一隻老黃犬指揮若定，卻鮮少自己出手，尖牙看出他是頭領之一，漸漸不動聲色地逼向前狗老大老黃，年高德劭的老黃，又怎知可怕的三犬惡煞，正朝自己一步步逼近呢！

阿忠本隊，由「智多星」七哥天王星在高台上俯視全場，並隨時發出動援訊號，加上「五犬一組」的強力組合，當真殺得經驗老道的對手竟然無力招架，屍橫遍野；而阿忠親率左右護法，即獨眼和跛腳二犬，也三犬一組，四處搜尋犬狼形蹤，由於先前情報顯示，犬狼在攻城掠地的時候，都是單槍匹馬迎敵，擋者必死無生，所以並無左右護法護架，但又聽說他鮮少出手，因此阿忠等三犬焦急地搜尋犬狼蹤影，原本以為方才遠方照面的帶頭者是犬狼，但他三犬一逼近時，他卻狡猾地逃了開，又在劣勢下結合另外二隻狼犬，顯然三者正是犬狼手下的三匹最精英份子。阿忠見這三犬手段兇殘，本想迎上去，但一想到他的最重要目標是犬狼，因此不敢冒然全力迎敵，以保留最佳的實力，來對付這萬惡不赦的「犬狼」！

天王星在高台上指揮若定，使蒼促成軍的生力軍傷害減到最低，但對手人數實在太多，己方傷亡數目還在增加當中，不時憂心如焚，尤其大伙兒懸念的犬狼不知到底在哪裡，更是謹慎不敢大意。

等他發現對手三犬一結合，竟然轉身往外就走，心想他們或許想要慢慢撤退吧！但過了一會兒，依然認不出犬狼是誰，卻赫見那三惡犬卻朝老黃方向而去，天王星大叫不妙，立即做出訊號，但已然不及，老黃已身遭三大惡犬圍殺！

老黃心有餘而力不足，若是年輕氣盛的時候，雖然贏不了這三犬的超級組合，但是且戰且走，仍可保身，此時年紀一大把，四肢已然不聽使喚，只能任憑對手予取予求，一下子便身受重創，倒地不起！而在一旁護架的兩隻小犬，當然早已倒地身亡良久了。

木星距離最近，一見天王星訊號，知道老黃身陷重圍，立刻趕了過來，不由分說，立刻往那三惡犬撲殺過去！而三惡犬見到左邊指揮官木星來救，心下暗喜，正省得自己前去找尋，飛蛾撲火，自投羅網！

但就在尖牙三惡犬竊喜之中，哪知除了木星看到了訊號以外，阿忠三犬也見到了，立刻亦飛身趕來，也顧不得找尋犬狼下落，先救老黃要緊！

木星先與三惡犬對峙，看到地上橫臥一旁的老黃已經動彈不得，不由心下大怒，飛身逕攻了過去。尖牙一見對方身手如此慓悍，嘖嘖稱奇，今日若是一敗塗地，當是其來

有自。

三犬夾擊一犬，木星立刻傷痕累累，但是對手黑鼻也受到輕傷，三惡犬正要一口氣攻殺木星的時候，阿忠三犬組立刻現身，左右護法立即上前幫助木星，形成三對三，情勢立刻扭轉，雙方勢鈞力敵！

阿忠趕緊奔向老黃身邊，一見老哥氣息奄奄，不由得眼眶泛紅，珠淚打轉，大叫一聲：「老哥，老弟阿忠來救你了！」老黃微睜雙眼，渾身顫慄，只講了兩句模糊的話語：「保護家園，為我報仇！」一代梟雄的狗老大老黃，竟然在家園的保衛戰中，首先付出了寶貴的性命，劃下了生命的休止符！

阿忠淚眼望蒼天，心想如此好的大哥，雖然才結義不久，但兩人一見如故，如今為保衛家園，竟然慘遭橫禍，無法享盡天年，不禁氣往上衝，放下老哥老黃的身軀，委託支應小狗妥為處理，自己則大喝一聲，眼神中充滿忿怒的血絲，彷彿噴得出火來，一看到尖牙三惡犬正與木星三犬交戰熾烈，不管三七二十一，瞬間衝了過去，如一道慧星般耀眼，以最快的速度朝白眼當面一掌擊下！白眼眼見身旁黑影撲來，想閃避過去，已然不及，身中一巨掌，打得身子飛了出去，滾了數滾，眼冒金眼，翻身想爬起來，竟然跌跌撞撞，又撲倒在地，果然當場翻了白眼！

現場眾犬一見，當真目瞪口呆，著實嚇了一大跳，眼見阿忠竟然輕易地將犬狼三大護法之一的白眼，只一掌劈下，就差點爬不起來，木星、獨眼及跛腳大聲喝采：「好！老大幹得好！」而對手尖牙副隊長及已受輕傷的黑鼻頓時心下大驚，冷汗直流，心想在這遍遠的鄉下，竟然藏有如此了得身手的狗族，臥虎藏龍，這世界當真無奇不有！

阿忠不管地上的白眼，雙眼直瞪尖牙，看得尖牙有點毛骨悚然，這種眼神好熟，好像在哪裡見過？無暇細想，尖牙是何等了得人物，一眼看出阿忠有意單挑，便叫黑鼻退開，自己則迎上前，一時氣氛為之凝結，雙犬大對決即將展開！

而在一旁作戰甚烈的眾犬，突然也停了下來，都知道阿忠主將對上尖牙副將，必是一場驚天動地的大撕殺，也圍攏過來，想一看究竟！

尖牙當真狗中蛟龍，身手慓悍，攻守自如，著實是隻相當難對付的大惡犬；阿忠當真狗中神鳳，身手矯健，活力無窮，亦是難得一見的正義之犬。兩犬相互搏擊，雖然雙方都有掛彩，但是氣魄依然十足，互不相讓，實力卻在伯仲之間。

尖牙眼見阿忠身手居然如此了得，暗暗心驚，今天若畢命於斯，當是天意；而阿忠見尖牙如此神勇，亦暗自心驚，心想副將都身手如此凌厲，那身為主將的「犬狼」呢？

但薑是老的辣，尖牙作戰經驗豐富，早看穿阿忠的一舉一動，因此任憑阿忠攻勢再凌厲，速度再快，依然無法再傷及尖牙半根汗毛。而尖牙左閃右避，以逸待勞，阿忠立刻屈居下風！

尖牙的心中算盤，就是要讓阿忠耗盡體力，再全力一擊！但打了老半天，卻發現阿忠猶如一座發電廠一樣，毫無半點疲態，心下又是一驚，心想再不設法解決，眼見己方人馬早已潰不成軍，非下重殺手，速戰速決，再設法突圍，以圖來日東山再起，便跳出戰圈，狠瞪阿忠！

阿忠亦知對手想耗盡自己體力，也想速戰速決，但是出手招數完全被對方掌控，要不是自己體力好，早就命喪當場，因此心下亦著急不已，盤算縱有千百種，卻不知如何扭轉乾坤。

等到尖牙跳離戰圈，雙方立刻呈現對峙的局面，阿忠心知機會只有一次，內心頓時篤定，老黃的血海深仇，今天非討回不可。

雙方由靜態的對峙中，瞬間又同時加速衝向對方，速度之快前所未見，眾狗還來不及眨眼，雙方已然交身而過，阿忠前肢頓時跪了下來，地上立刻現出一灘血水，眾犬大驚，以為阿忠敗了，木星立刻衝了上來，扶住阿忠，只聽阿忠講了一句：「不礙事！」話剛說完，犬狼身邊第一大將的尖牙，全身「噗」的一聲倒地，再也爬不起來了！

現場只有職業級殺手，即阿忠的左右護法獨眼與跛腳瞧得出端倪，原來阿忠早知一舉一動都被對方識破，不管出什麼招式，再快都會被對手掌握，對方只要一還手，自己必死無生，因此心生一計，心想只要我貼身暫時不出手，先讓對方以為自己計窮，不知如何出手，待其出招後，自己雖然必受小傷，但是對方已然無法再度出手，自己則下重殺手，對手必反應不及而一命嗚呼哀哉，果不其然，尖牙一敗塗地，這也讓獨眼及跛腳更加佩服阿忠的智勇雙全。

白眼見副隊長尖牙一死，立刻想要突出重圍，卻被早已經盯住自己的獨眼及跛腳一起夾殺，也命喪當場；而黑鼻也立即竄了出去，木星迎面痛擊，黑鼻負傷卻乘隙逃出殺圈，撿回一條小命。對方魔犬大隊一見三大護法二死一逃，軍心渙散，無心再戰，也四處竄逃，一部份被聯手殲滅，一部份雖然得命逃出，卻也潰不成軍，魔犬大隊一時為之冰消瓦解！

等魔犬大隊敗走以後，現場屍橫遍野，令人怵目驚心於方才的激戰。阿忠下令清點人數，參與本次家園保衛戰的壯丁狗死傷近半，尤其前狗老大老黃的死，更令阿忠傷心欲絕，於是吩咐手下整理現場。正忙亂間，猝然一隻飛毛腿小狗火速來報，氣喘噓噓地在遠處就大嚷道：「不得了了，犬狼攻入庄尾了！」

阿忠等狗一聽嚇了一大跳，原來方才一忙亂，倒忽略了犬狼，想不到狡猾如狐的他竟會繞道南襲，難怪激戰時遍尋不著。

阿忠當機立斷，吩咐七哥天王星處理現場，自己便夥同兩大護法，五哥及一部份最精銳的小犬跟隨，亦留下一小部份壯丁狗戍守北方，以防潰散的魔犬大隊趁機來襲，南

北夾攻。很快分派已定，便朝自己的家園庄尾飛速趕回！

待大伙兒一到現場，已經不見犬狼蹤影，只見阿忠妻子莉莉正哽咽地在一旁照顧小蟲，阿忠快速奔了過去。

「小蟲為了保護我及搶回母親留下來的遺物，才會被犬狼……，嗚……嗚……。」莉莉抽泣地說。

「可惡的犬狼！」阿忠咬牙切齒地說：「你我之仇不共戴天，我阿忠對天發誓，有朝一日必定要向你討回公道！」

阿忠趕緊檢視小蟲及查看四周狀況，卻狐疑不明，現場除了小蟲身受重傷以外，其餘並無打鬥痕跡，顯然犬狼並非想南北夾攻，原因有：一、如此小庄，犬狼根本看不上眼，怎會運用南北夾擊術；二、現場除了小蟲受傷外，並沒有其他犬類傷亡；三、若是南方來襲，必定乘隙北上突擊，怎又輕易撤離呢？思緒在阿忠心中盤算，他斷定犬狼必為某種原因而來，便細問當時狀況。

「我原本跟隨其他狗兒去避難所避難，突然想起婆婆的遺物，在慌亂間竟然忘了帶在身邊，心想萬一對方惡犬攻入本庄內，必定四處掠奪，如果遺失了，便對不起死去的婆婆，因此趕了回來。」莉莉清楚地述說著。

「回來後見到四方沒事，才放了心，在半途上遇到正在巡邏的小蟲，小蟲便好心地陪我回家，等我拿了領巾正想步出家園的時候，突然看見遠處來了一隻英俊挺拔的狼犬，雖然有點年紀，但外表儒雅，全身上下打扮光鮮亮麗，十足的紳士模樣，他好像要找人似的，而且眼神中散發出一股憂鬱神色，令人同情，哪知在他那溫文的外表下，內心竟然如此狠毒……。」莉莉說著說著，又哭了起來。

「莉莉妳先別哭，事情慢慢講好了！」阿忠安慰地說。

「我一見他從遠處走了過來，好像要問了一些有關婆婆的事情，我一時驚訝不已，並沒有直接回答，只答以最近這個地方不平靜，恐怕有戰事將起，勸他改日再來。哪知我說著說著，他突然睜大了眼，看著我手臂上綁著的領巾，並向我說能不能借他看一下？我心想對方如此有禮相尋，又在打聽婆婆的事情，應該不是壞人，便借給了他。他一拿在手上，端詳了好久好久，臉上似乎有哀悽之色，便又問我說：『她走了嗎？妳是她什麼人？』我點點頭回答他第一個問題，才又回說：『媳婦。』他一時好像愣住了，又一會兒，便邁步往前就走。我一見他怎麼沒把重要的領巾還給我，便大喊：『先生，領巾請還給我啊！』他似乎著了魔似的，好像沒聽到，並沒回答我。我一時急了，又喊了兩次，仍然不見回應！這時候小蟲看他分明想將領巾佔為己有，便衝了過去，想幫我搶回來，哪知他身旁突然竄出一隻惡犬，惡狠狠地衝了過來，將小蟲一腳踢倒，正

要下殺手時，只見他突然驚醒過來，大喝一聲，那惡犬才乖乖地收回巨爪，一起揚長而去！」

阿忠在一旁聽得咬牙切齒，心想犬狼實在可惡，雖然沒有趁機攻殺庄尾，卻無故搶走母親遺物，又縱容手下傷害他最要好的朋友小蟲，實在不可原諒，尤其老黃及全庄弟兄的仇，更是不可不報，而且他打聽母親的事，又有什麼企圖呢？

「那他身旁有幾隻狗兒護駕，又朝那個方向走了？」阿忠急問莉莉。

「他身邊只有一犬相伴，剛朝南邊慢慢走去！」

阿忠一聽機不可失，惡名昭彰的犬狼在大戰中僥倖沒有參與，如今登門踏戶，侵入自己的地盤，正是替天行道的好時機！一聽莉莉說他身邊只有一犬相隨，而且剛朝南邊緩緩而去，便叫五哥等留下來保護莉莉及庄尾，自己則帶領左右護法兩犬，立刻也朝南邊追了過去！

三犬一路急奔尾隨而來，跑了五、六里路，在路旁的一個六角涼亭地方，時值正午時分，並無人跡，赫然見到有二犬在那邊歇息納涼，而其中一隻跟莉莉描述的一模一樣，正是「人面獸心」，不，應該說是「狗面狼心」的犬狼沒錯！

阿忠等慢慢靠了過去，擺開一字陣勢。犬狼在若有所思中，一動不動，完全像一座精刻的雕像。突然抬起頭來，與阿忠四目交會，阿忠心中「啪」的一下，頓時有股奇怪的感覺！但只要一想到庄內兄弟的血海深仇，心中立刻又燃起熊熊怒火，狠瞪犬狼。又見犬狼正在把玩母親遺物，還將他掛在自己的脖子上站了起來，一付不可一世的神態，不禁怒火中燒，按耐不住，大聲喝道：「你就是那隻惡名昭彰，無惡不作的大魔頭犬狼嗎？」

「小兄弟抬愛了！」出乎阿忠意料之外的，犬狼竟然有禮地笑著回道：「我只不過是一隻一文不名的小狗兒，叫做『犬狼』，不知道是不是你要找的那位大魔頭呢？」

「少油腔滑調！」阿忠當頭斥道：「好漢做事好漢當，在外面打家劫舍，今天侵入我家園肆意破壞的，是不是你的手下？」

「小兄弟先別動怒。」犬狼還是溫文地回道：「他們確實是我的手下，看來小兄弟是要找我報仇吧！哈！哈！」

阿忠見他竟然將這等嚴重之事輕描淡寫，又是一陣怒火，便不再多說，以眼示意左右護法，即獨眼與跛腳，兩犬會意，登時擺開陣勢，目標對準最可怕的對手——「犬狼」！

犬狼也會意，立刻叫身邊的護駕狗兒走離現場，退出十公尺以外，顯然要以一敵三！阿忠心想如此正好，本來還掛心另外一犬，如今三對一，這種超強組合，即使犬狼再強，今日必因太過自負而中箭落馬。

「你這無惡不作的傢伙，今日我阿忠不僅要為兄弟報仇，也要為曾經遭你毒手的狗兒討回公道，犬狼，你覺悟吧！」阿忠理直氣壯地說，不想讓他死得不明不白。

「對，犬狼你壞事做盡，我們要幫老大及兄弟報仇。」獨眼及跛腳附和阿忠的話說：「今日你惡貫滿盈，休想活命！」

「好氣魄！」犬狼對著阿忠稱讚道：「難怪魔犬大軍要慘敗，難怪我最得意的三位手下二死一傷，傷者還狼狽地撿回小命，年輕人，果然是英雄出少年。」

「至於你們兩位仁兄。」犬狼話鋒一轉，對著獨眼及跛腳說：「我犬狼承認壞事做盡，幹了不少傷天害理的事，但看看你們手臂上的烙印，我看你兩位仁兄也好不到哪裡去！」

獨眼及跛腳一聽，同時嚇了一大跳，眼前的這隻狼犬，竟然識破自己的身份，兩犬不約而同地朝犬狼望去，只見他前臂上也留有清楚的烙印，共有兩個，左邊是個「軍」字，右邊是個「天」字。

看完左邊還好，因為「軍」字代表軍方，顯然犬狼曾經是一隻軍犬；但是一看右邊的「天」字，獨眼及跛腳突然雙腿發軟，身經百戰的職業級殺手，竟然渾身發起抖來！

「你……，你就是總隊長！」獨眼語帶顫抖地問。

「沒錯，如假包換，在下以前正是總隊長，或許你們也當過我的手下，不過我倒不記得你們了！」

阿忠在一旁聽得莫名其妙，並不瞭解他們在說些什麼，只見原本突然發抖的獨眼及跛腳，又突然生氣的咬牙切齒，互望一眼，便向阿忠齊道：「老大，對方十分了得，要千萬小心應付，打不贏就走，不要意氣用事，枉送小命，俗語說：『留得青山在，不怕沒柴燒』，我兄弟二人只此一句相贈，希望老大千萬記得！」獨眼及跛腳言下之意，竟然有訣別之態！

阿忠不暇細想，點頭應允。三犬怒目相視，犬狼一見殺氣逼來，也不敢大意，以靜制動，靜待阿忠這邊出招。

阿忠大喝一聲：「上！」三犬一擁而上，分三個方向全面攻擊犬狼，氣勢雷霆萬鈞，超強組合果真不同凡響，一下倒將犬狼逼得有些手忙腳亂。不過只過了一會兒，任憑阿忠三犬如何猛攻強擊，卻依然無法得手，甚至只見犬狼身形優雅地在空上及地上彈起又落下，彷若體操選手優美的身段一般，自信能贏得滿分，竟然傷他半根汗毛不得。

阿忠三犬大驚，早知犬狼身手了得，如今一見，更是驚人，世上真有這種狗嗎？阿忠不敢相信，卻又不得不信，因為犬狼實在太強了！

阿忠突然又大喝一聲：「退！」三犬又分散開來，依然守住要角，以防犬狼趁機逃逸；但是反觀犬狼，卻絲毫無逃走之意，反而臉不紅，氣不喘，神色自若地稱許地說：

「好身手！好身手！」仍然站在中間。

此時只見獨眼及跛腳詭異地相互一笑，並同時大叫一聲：「老大，快逃！」話剛說完，竟然同時像吃了壯膽藥一般，朝犬狼狠攻過去，使的竟是沒有章法的自殺式攻法，死命、狠命、沒命地望犬狼身上瘋狂亂抓亂咬，兩犬像得了狂犬病而著魔一般，犬狼立刻身上多處掛彩，雖不嚴重，卻難以閃躲。

犬狼一見如此打法，當真動了氣，大喝一聲：「你們發瘋了嗎！快住手！」獨眼及跛腳哪肯放鬆，好像完全沒有聽到似的，還是不斷猛攻，犬狼被逼上梁山，只得拿出點真本事，正準備對這兩隻瘋狗痛下殺手！

阿忠在一旁看得焦急，卻插不上手，心中感激這兩位忠心的手下，想以生命拖住犬狼，讓自己有時間逃走，但自己又怎可拋棄手下自行逃命呢？這事萬萬不可，但是卻又苦無對策，突然看到犬狼臉色驟變，現出殺氣凶光，阿忠顧不得危險，快步衝上前去，已然不及！

犬狼在兩秒內共出手十招，竟然輕易地將偌大身軀的獨眼及跛腳打倒在地，可見實力實在相差太遠。阿忠見狀，也發起狂性，亦沒命地朝犬狼攻了過去，形成一對一，不過三對一已經鬥不過，一對一又怎有勝算，心念至此，全身涼了半截！

犬狼與阿忠相鬥片刻，便輕盈地跳出殺圈，並稱讚道：「小兄弟，你是我近幾年來碰過最好的對手，可惜咱們是敵人，不是朋友，要是咱們是朋友，能切磋武技該有多好啊！唉！命運弄人，或許來日相見之日，正是你我生死決鬥之時，咱們後會有期了！」剛一說完，只聽「嗖」的一聲，犬狼瞬間隱沒身影，速度之快，身段之優美，看得阿忠冷汗直流，久久無法言語！

阿忠立刻回過神來，趕緊扶起兩位身受重傷的手下兼兄弟，仔細一看，跛腳已經嚥了氣。阿忠眼眶微紅，讓他瞑目地閉上雙眼，才轉身扶起氣息奄奄的獨眼，感激地安慰道：「謝謝你們捨身相救，阿忠終生難忘恩情大德！」

「老大，你不用感謝我們，也用不著傷心，走向殺手這條路，這早是我們料到的下場。」獨眼慢慢道來：「其實剛才我和跛腳想用兩命換犬狼一命，第一個原因，是想讓老大平安脫困，來日方長，還有復仇機會；而第二個原因，唉！是想報我這隻獨眼，和他那隻跛腳的仇啊！」

獨眼一手指著自己一隻已經瞎掉的眼睛，另一手指著跛腳已經跛掉的那隻腳，才道出了他們兩犬綽號的由來，更扯出了阿忠連作夢也想不到的大祕密！

話說在離本村庄北方，越過彰化縣境，約百里之遙的台中州（現在的台中縣）境內，有個空曠山腳下，有幾十甲大的土地，是大日本帝國駐台灣的警犬訓練大本營。由於警犬是只用餐，不支領薪水的伙伴，而且忠心耿耿，是廣受警方喜愛的對象。警犬訓

練十分嚴格，而且大部份都是以狼犬為訓練對象，因為狼犬體格好，聰明度高又身手矯健，而最重要的，是服從度夠，因此除了極少數特別捷出的其他犬類，亦可加入受訓行列外，幾乎清一色是狼犬的天下。

此地受訓的警犬，依能力共分五級：天、地、人、兵及犬，皆有烙印為記，而且必須經過嚴格的升等才能晉級，再重新烙新印，因此等級愈高，印痕也就愈深！

這五級又粗分為兩大類，前三級「天、地及人」乃警官級警犬，負責帶隊訓練事宜；後兩級「兵及犬」則是受訓警犬，學習一切技巧。

若以職位細分，「犬」字輩最低，是新近受訓人員，接受一切基本訓練；若通過資格檢定考試，則升任一級，進入「兵」字輩，即正式成為警犬，有給職，待遇等同公務人員，但還是在學習特殊戰技；若又通過檢定考試，則再升任為「人」字輩，即道地的當官階級，除特殊任務集訓外，平時負責幫人類訓練下屬兩級犬類，有事則帶隊執行任務，職位是「小隊長」；最後能升上「地」字輩的警犬，則是少之又少，必須通過最嚴苛的檢定考試，而所肩負的任務，也是最艱鉅的，職位是「大隊長」；再從少數大隊長中，進行擂台淘汰賽，只要輸一場就被淘汰，最後終於得到總冠軍的最優秀警犬，晉級「天」字輩，因此全營區「天」字輩警犬才只有三隻，分為一、二及三號，其中又以一號職位最高，稱為「天字第一號」，只要人類一下令，他已能帶隊獨力完成最艱難的任務，因此是千萬犬類中唯一的超級大領袖，職屬「總隊長」，實際說來，就是訓練所內全部犬類的大統領。

「說來慚愧。」獨眼有氣無力，又語態羞愧地說：「我和跛腳，在本庄被視為職業級大殺手，其實在警犬受訓中心，才是兩隻受訓未滿半年，就受不了想逃出來的『犬』字輩狗兒而已；至於犬狼，在我們受訓當時，就是剛上任的『天字第一號』總隊長。因此我們兄弟倆與他實力相差實在太遠，不是沒有道理的。老大，真的很抱歉，由於我與跛腳一向視這件事是一輩子的奇恥大辱，因此一直未敢明講出來，實在慚愧。」

「我了解你們的心情。」阿忠安慰地說，又問：「那你們為什麼受傷，而『天』字輩的犬狼怎會流落民間，為害社會呢？」

「說來話長。」阿忠讓獨眼喝了幾口水，獨眼才又道：「那裡的訓練簡直像地獄，不僅人類常以毒鞭相向，而小隊長及大隊長，更是『狐假虎威』，仗勢欺人，常常以不合理的訓練要求屬下，因此在那邊的日子簡直是度日如年啊！」

「不過，當時『天』字輩的犬狼擔任總隊長，聽說對屬下極好，完全沒有官架子，只是下意無法上達，眾犬極為憤慨，我與跛腳原本想逃出去，後來臨時加入策劃，聯名上書犬狼總隊長，想揭發小隊長們欺人太甚的事情，無奈事跡卻遭敗露，最後大伙兒見

大禍將要臨頭，反而變成人暴動，一時大家都將心中滿腔怒火渲洩出來，四處破壞，準備來個集體大逃亡！後來總隊長出來安撫大伙兒的情緒，騷動才告平息。」

「犬狼便接見『犬』字輩抗議代表，當時共有六犬出席，我與跛腳亦在其中行列。犬狼起先好言相勸，說他已經知道我們的心聲，必會嚴加整頓不合理現象，以後要有相類似情形，應該要隨時向他反應，否則等到事情鬧大後反而不好處理，並請我們六犬留住一晚。犬狼處理的合情合理，人伙兒欣然接受，哪知卻已經陷入他的陷阱之中！」

「隔天我們六犬回去後，犬狼卻放出風聲，說我們與大小隊長相談甚歡，這是他的第一步奸計，就是要將我們六位代表與管理階層歸為一類；第二招更狠，便開始搜捕異議份子，並加以嚴刑拷打，接著又放出風聲，說這些故意破壞秩序者，就是某些線民提供線索的！果然，大伙兒矛頭立刻指向抗議當晚安住在高級長官家中，又與他們相談甚歡的我們六位代表，立刻的，我們六位抗議代表馬上成為最齷齪的洩密者，我們六犬雖然極力辯解，但是就好像啞巴吃黃蓮——『有苦難言』。」

「後來犬狼以保護我們六犬安全為由，將我們請了過去，並假心假意地說想幫助我們，只要我們六犬想離開這裡，他願意為我們安排。我六犬此時才知道犬狼城府竟然如此的深，難怪之前聽說抗議者曾無故失蹤，而一位最精明的總隊長，又怎會不知屬下的一舉一動呢？我便懊惱為什麼在還沒弄清狀況之前就輕舉妄動，如今正好成為犬狼整頓異己的藉口！」

「聰明的犬狼，不，應該說是狡詐的犬狼，成功地運用我們這六位抗議代表，達到新上任整肅異己的目的，我們只是他的一步小棋而已。」

「我們六犬中，有一位是反應最好，也是最聰明的，叫彼得，也是此次抗議上書的提議者，便提出他的看法，試想我們既然成為犬狼的棋子，他自然會過河拆橋，因此他好心安排的路線絕對有詐，他已經暗中探聽出一條安全之路，只要大家一起努力，就能順利逃脫！大伙兒一聽有理，自己私下逃命要緊！」

「當時年輕的我雖然衝動，卻還算冷靜，回想近日發生的所有事情，心中總有一個疑團，那便是犬狼把我們逼為洩密者，再趁機整肅異己，並成功消弭暴動，顯然是一場極為縝密的大陰謀，這一定可以使他順利接掌總隊長職務，並在剛上任就立下大功一件。但先不管這些，犬狼怎能麼能夠對我們的一舉一動瞭若指掌呢？更可疑的是，我們代表共六位，被犬狼玩弄於股掌之間，而唯一能做合理解釋的，就是我們之中真的有奸細，從頭開始就掌握我們的完全行動。因此我除了最要好的朋友跛腳外，我們便不再相信任何人了，所以大伙兒正計畫逃出訓練所，我與跛腳也暗地自行規劃出逃亡路線，以免被殺人滅口！」

「當晚月黑風高，彼得趁衛兵不注意，偷偷帶領我們往外逃去，才到一個轉角處，我便與跛腳閃過身去，躲在一個極為陰暗的角落。彼得回頭一看，怎少了兩位隊員，一時又找不回，便按照計畫向前奔去，我倆卻從後面跟了過去！」

「又一個轉角，彼得叫其他三犬快速通過，才過了十公尺左右，突然四邊冒出七、八隻兇惡大犬，一看都是『人』字輩，二話不說，殺手立下，三犬不明究理，終於從棋盤上撤下場來。」

「此時卻見彼得渾身發抖，說犬狼保證不殺他，而且還要連升他兩級，當『人』字輩的小隊長！哪知對方一犬只問了一句：『還有兩隻呢？』彼得回道：『剛轉了幾彎，可能跟丟了！』那犬『哼！』的一聲，淡淡地回了過去：『這種小任務都辦不好，還妄想當小隊長，下輩子吧！』瞬間眾犬搏擊，自以為聰明的彼得，因為利慾熏心，反被自己的小聰明所誤，害人害己，一命嗚呼！」

「當時我與跛腳都嚇得渾身發抖，果然打從一開始，從不合理的要求引起眾怒，到抗議陳情書引起暴動，再誣陷抗議代表為洩密者，並大肆以暴動為藉口剷除異己，最後再將沒有利用價值的棋子連根拔除，原來這就是所謂『高層的鬥爭』，倒讓我眼界大開，而代價卻是險些送命！」

「等那幾隻執行死亡任務的惡魔犬回頭搜捕我們的時候，我心想最危險的地方，反倒是最安全的地方，彼得所規劃的這條逃亡路徑，現在反而應該是安全之路，只可惜他們沒機會走完，我便與跛腳火速改變計畫，朝原先彼得規劃的路線奔去！」

「果然一路順暢，最後利用一棵高樹為踏板，順利逃出訓練所。正鬆了一口氣，心想小命總算撿了回來，突然見到遠處高台上，不知道什麼時候，已經站了一隻英挺的狼犬，身旁二犬相護，那犬開口便道：『你們倆是我看過最聰明的棋子，要非我聽說走了兩隻，也不會想來看看我的棋子是聰明，還是笨拙的，彼得自以為最聰明，結果才是最笨的，而你們才是我最欣賞的，基於這一點，再加上還得謝謝你們讓我穩住官位，又建立大功，就讓你們玩個新鮮遊戲，好了，你看到我身邊這兩位部下，你們從我喊開始，有三十秒逃亡及抵抗的時間，三十秒到，若死了，就怪自己學藝不精，不要怪我沒給你們機會，就認命吧！若沒死，就隨你們去，要不是你們有兩點值得我犬狼欣賞的地方，我的計畫之下是不會留活口的，你們好自為之，哈！哈！還不快逃，哈！哈！』」

「我倆聽到犬狼得意而且狂妄的笑聲，渾身發軟，但一想還有活命機會，哪肯改棄，敢緊三步當兩步走，往外拔腿開奔！」

「『開始！』就在我們跑了七、八秒後，犬狼才下令遊戲開始，我們馬上從棋子轉換成獵物！我們回頭一看，犬狼喊完口令，便頭也不回地離開現場，而我們距那高台少說也有１００公尺，哪知那二犬奔馳追來，竟像一陣風一般，頃刻就逼近，我與跛腳還

來不及驚訝，馬上回頭聯合禦敵，就在雙方交手的那十秒內，彷彿是一世紀，也彷彿世界末日，我倆全力抵抗，還好對手也守信用，時間一到就歇手，返身就走，而我們兄弟倆，就成了今天的模樣！」

獨眼雖然有氣無力地述說著，但每當提到「犬狼」二字，尤其咬牙切齒，阿忠心中疑團才紓解了一半，也體會得出獨眼此刻的心境。

「後來。」獨眼繼續未完話題：「我倆僥倖得命，休養了半年多才康復；至於犬狼，又過了不久，聽說被調往軍部，此後，就再也沒有人知道他的下落了。至於後來為何出現在民間，又為什麼會危害社會，這我就不清楚了！」

獨眼一說完，彷彿如釋重負一般，阿忠知道他是為講完全部故事才拖命至今，心中好生感激，只聽他用最後一口氣向阿忠說：「老大，我雖然要死了，但請你千萬替我兄弟倆保守這個丟臉的祕密，好嗎？」阿忠見他快要斷氣了，還要顧及自己的名聲，真是「虎死留皮，狗死留名」！

阿忠於是爽快地點頭答應，獨眼一見，才滿意地閉上了後半生唯一的眼睛，嚥下了最後一口氣！

阿忠回到村庄後，隨即處理傷亡人員相關事宜。經過這一次空前的大激戰，也就是保衛家園的聖戰後，死傷慘重，死者有老黃、獨眼、跛腳及諸多壯丁狗，阿忠除了咐吩擇日舉行公祭以外，並特別加強照顧遺孀；而傷者如小蟲及一些因而殘障者，也得到英雄般對待，除頒贈勳章以外，也妥為安排就業問題，總之，阿忠團隊正為因保衛家園而傷亡的犬類盡最大的一份心力。

公祭當日，阿忠強忍住淚水，率領全庄狗兒，一同在夜半十二點的時候，齊聚庄頭墳場區旁的一條大排水溝，此刻月色暗淡，星光隱沒，在漆黑的夜色裡，這條大排水溝宛若一尾黑色巨龍，將要吞噬諸犬忠魂！現場一片哀戚，卻也莊嚴肅穆。

阿忠以狗族的慣例「低號聲」為逝者餞別，並以家屬身份向前來弔唁的朋友們致意，木訥的神情下隱含一股堅毅之色，彷彿召告天下，「這仇」非報不可！

等祭祀結束後，狗族便依本省鄉間人類習俗，將遺體放入大排水溝，目送這些為保家衛園而捐軀的英勇狗兒最後一面。淙淙的流水聲中，帶走了英勇狗兒們的遺體，也低泣著他們的英勇事蹟！

等到一切辦妥後，阿忠也早已經派手下四處打探犬狼及魔犬大隊的下落。過了一小陣子，才有零星消息回報，說魔犬大隊在阿忠一庄大敗後，如過街老鼠，人人喊打，因此逃回老巢（台中州）者十分稀少，不過他們依然有重整旗鼓的念頭，所以各庄也已經逐漸成立自衛隊，魔犬大隊東山再起肆虐的機會就更加渺茫了。

至於犬狼，傳言往北方而去，至於有無回老巢重振聲威的打算，就沒有人知道了。不過犬狼神勇無比，加上智慧超群，若有心重整魔犬大隊，也只是時間上的問題而已，因為在日本人統治台灣的時期，也正是狗族的戰國時代。

阿忠一心懸念犬狼下落，但傳來的都是小道消息，頗難深信，心中只要一想到老黃、獨眼及跛腳，還有眾狗兄弟的慘死模樣，身為本庄領導人的他，要是不能為子民們討回公道，就枉稱領導人了。又想起母親遺物的失落，非得查個水落石出不可，所以向犬狼討回公道是遲早的事，但只要一想起彼此實力實在相差懸殊，即使現在知道犬狼的下落，即使現在與犬狼面對面對決，自己又有幾分勝算呢？答案不言而喻！

阿忠此時心中已有盤算，人類的俗語有所謂「君子報仇三年不晚」、「知己知彼，百戰百勝」，如今最要緊的事，不是馬上報仇雪恨，因為「以卵擊石式」的復仇方式，只有自我毀滅，唯今之計，首先要徹頭徹尾了解犬狼背景；其次須不斷加強自己的實力，若兩者能順利達成目標，則復仇才有希望，於是阿忠便將計畫告訴五哥及七哥。

「這計畫好是好，不過……？」七哥天王星猶疑地說：「不過我們對北方一無所悉，而且你想進入這所全省聞名的警犬訓練所，恐怕也是不大容易！」

「我倒不這樣想。」五哥木星雖然平日行事魯莽，現在卻支持阿忠的理想，並提出自己的看法：「所謂『皇天不負苦心人』，只要有決心，那怕鐵杵也能磨成銹花針，何況我們庄內兄弟的仇，一定要找犬狼討回來，若阿忠不能去，我倒願意試看看！」

天王星一見平日拙於言詞的五哥木星今日倒是理直氣壯，還自告奮勇，不過「牛牽到北京還是牛」，若要讓木星去惹事生非，還不如讓阿忠親自前往，又見阿忠心意如此堅決，心想要有心阻止，倒不如全力幫忙，或許將來真的能成功也不一定，事在人為，便也不再堅持。

「那我就派十隻機伶且健壯的狗與你一同前往，一方面可以幫助你打探消息，二方面也可以作為我們彼此間的相互聯繫，你看如何？」天王星不愧稱為狗界「智多星」，設想總比別人週到。

「好，那我準備後天一早即刻出發，此行就當做是一場能力的考驗及修行吧，不管結果如何，我都會全力以赴！」

說完，阿忠便告別五哥及七哥，先回家中交待一切。此時莉莉已懷有身孕，最是需要有人照顧，等阿忠一提出自己的想法，莉莉不僅沒反對，反而鼎力贊成丈夫的氣魄與決心，並稱自己會照顧好自己，不用他擔心，而且五哥及七哥也常常前來噓寒問暖，並派了「看護犬」前來幫忙，他大可一心為前程。

阿忠深情款款地看著莉莉，心中除了感激以外，還是感激，並慶幸自己能娶到如此堅強而又賢慧的妻子，因此夫妻離別之日將近，自有一番離情依依之意在心頭。

隔天，阿忠當眾宣佈這件事，並說明自己的看法，全庄的狗兒也贊同阿忠的做法，並佩服阿忠的精神與勇氣，也為他致上最高的敬意及祝福，等阿忠一一回謝後，已值深夜，才又回到家中。

「阿忠，出門在外，一定要保重自己的身體，俗語有言『在家千日好，出外朝朝難』，希望你能為我們未出世的孩子多多加油，我們母子日後不管如何，一定以你為榮。」莉莉情意綿綿地交待阿忠。

「莉莉，你自己也要多多保重，我不敢奢望將來能功成名就，但我總是希望能為死去的兄弟盡上一份心力，當然，我最牽掛的自然就是妳，還有我們未出世的兒女，不管未來我是生是死，希望妳能永遠記得，妳和孩子們永遠是我心中的最愛。」

阿忠表白自己的情意後，話鋒一轉，又說：「誰家的孩子沒有父母，誰的家庭沒有親人，萬惡的犬狼及手下的魔犬大隊，粉碎了多少個幸福家庭，拆散了多少個骨肉親情，我也不想拋妻離子，隻身遠離故鄉；但一想到犬狼的惡行劣徑，為了避免悲劇再度重演，我才出此下策，被動的抵禦無情攻擊，倒不如事先下手，防患未然，希望妳能原諒我，我不是絕情，也不是不負責任，或許這就是我阿忠的宿命吧！」

莉莉知道此刻阿忠的心境，便不再多說，深深地將頭埋在阿忠的懷裡，享受這即將不再擁有的奢侈，那最後的溫存。

隔天一大清早，天還濛濛亮，庄頭已經齊聚了一些庄內重要幹部，阿忠帶領了十犬，一一與他們話別，等到了五哥及七哥面前，兄弟三犬六手緊握，互道珍重，兄弟之情溢於言表，尤其到了莉莉跟前，望著莉莉微濕的眼眶，阿忠不忍心再看，也不再多說什麼，因為離別的言語只會帶來更大的傷感，因此阿忠狠下心，轉過身軀，帶著手下，漸漸走了出去，朝北方道路而去，不再回頭！

堅強的莉莉，望著丈夫漸行漸遠的身影，淚，也不禁滴了下來，於是趕緊轉身輕拭，不想在臉上留下任何痕跡。

四、復仇之路

阿忠親自帶領十隻得意手下，往北而去，渡過台灣第一大河——「濁水溪」後，夜行曉宿，除了躲開人類的注意，也四處打探消息，因此腳程並不太快，並四處打好關係，佈下消息管道，對日後掌握犬狼的蹤跡有絕對正面的幫助，因此大伙兒緩緩而進。過了一星期左右，才跨過今日的彰化縣，一個富饒的農業大縣，正式進入犬狼的地盤台中州（今日的台中市），也就是魔犬大隊的根據地。

阿忠一路走來，所過之處，幾乎都滿目瘡痍，彷彿浩劫過後，犬狼的魔犬大隊猶如猛鬼惡煞一般，創造出狗族的地獄世界，人類雖然數度插手，但自顧不暇的他們，哪有餘力多管狗類的世界，自然都無功而返，正所謂「時勢造英雄」，犬狼這匹結合高度邪惡、智慧及體能的狼犬，於是橫行無阻，要非遇到狗老大老黃的高瞻遠矚，「慧眼識英雄」，要非碰到阿忠等如此強勁的對手，魔犬大隊自然打敗天下無敵手，繼續橫行肆虐。

阿忠除了例行派遣手下建立起對外情報網以外，自己更常常流連於這所佔地數十甲，由日本人建立起的「台中州大日本帝國警犬訓練所」。此地風光明媚，氣候宜人，草木扶疏，是一處非常適合犬類進修的訓練中心。而毗鄰它的是一大片管制軍區，因為這裡偏近大肚山區，是一處台地地形，西邊毗鄰沙鹿山，東方連接大肚溪，四周空曠荒涼，卻正是狗兒的訓練天堂，每天有數百隻犬類在這裡接受各種訓練，並出各種任務。至於警犬訓練的重心，是協助人類偵辦各類案件，尤其追兇、緝毒及救難，都是最專業化的職責，因而也為人類立下不少的汗馬功勞。

阿忠左看右瞧，已經暗中窺伺將近一個月，發現放眼所見都是純正血統的狼犬天下，雖然聽說為了其他特殊用途，也會訓練特種狗類，但觀察近個把月，卻看不到任何半隻，再望望自己的身軀，心想並非純種的我，體格雖然也不輸狼犬，但人類會要我嗎？每當思緒到這裡，便不由得全身冷了半截，但不服輸的個性，更讓阿忠勇於面對任何艱難的挑戰。

明知這項計畫成功率不高，但或許還有機會，不試怎麼知道會不會成功，因此阿忠心中盤算已定，明天一早，就是實行計畫的第一步，先找機會混入訓練所。

老陳是個五十開外的光棍，在訓練所已經待了將近十年，也就是在日本剛佔領台灣時就在這裡上班了，是負責全訓練所狗類的飲食，也就是廚房的負責人，雖然沒有實際

參與訓練，但是耳濡目染下，自然也成了狗類專家。

老陳的家裡雖然距離訓練所不遠，但他有個習慣，就是清早上班時，一定騎著他那輛老爺腳踏車，前面有電燈，後面有一個大的置物架，最重要的是，那是一輛「有牌照的腳踏車」，也是他引以為傲的象徵。

每天清晨出門前，他一定先將車子擦得亮晶晶的，跟新買的一樣，但由於車子實在太高齡了，因此每當碰觸到一顆小石子，全車就好像要解體一樣，但他還是捨不得汰舊換新。有人曾問他原因，打光棍的老陳便以日本腔的台語回道：「阮一世人沒某沒猴，伊就親像阮的牽手同款。」原來他確實是老陳「羅漢腳」（單身漢）生活的唯一寄託。

這天，老陳一大清早出門，依然先將車子擦得雪亮，滿意後，踩著他的老爺車，沉浸在清涼的鄉間空氣中，四周田野景色優美，像一幅質樸無華的田園畫，老陳優遊其中，怡然自得，慢慢朝訓練所緩緩而來，十年如一日。

可是今日老陳剛一出門，就覺得有點怪異，好像暗地裡受人監視一樣，但是每當一轉身，卻看不到半條人影。老陳心想昨晚大概喝多了，一大清早就兩眼昏花，或許也是自己老了，才老是覺得有異狀，卻總是無法得到證實！

這種感覺卻不因自己的另外思緒而減輕，等車子轉了個彎，才發覺在後視鏡下，竟然有一隻大狗尾隨在後，原來方才轉頭向後看，始終是注意身後較遠的方向，尤其是

「人」，如今後視鏡證明，跟蹤自己的竟然是一條「狗」，老陳自己覺得好笑，不過也沾沾自喜自己的感覺能力依然強烈！

又轉了兩個小彎後，來到訓練所門口，老陳刻意停下來，從後視鏡中又見到那隻狗也跟了過來。老陳原本以為跟他只是暫時同路而已，哪知他卻從自己出門後，好像刻意跟來，於是停下車子，靠邊立了起來，返身與那隻跟蹤他的狗四目相對，只見他竟然後腳坐了下來，吐著舌頭，也跟老陳一樣，正在打量他。

老陳一接觸那狗的眼神，據他多年與狗朝夕相處的經驗，自然因為閱狗無數，也算識狗專家，他一見這隻狗，心中只浮現兩個字「靈犬」。

老陳心想這或許是上天刻意的安排，竟然與他有緣在這裡相聚，認為機不可失，有意考考他，於是依長久在訓練所觀察到的經驗，做出了兩個動作，心想你若是靈犬，自然一學就會，要是毫無反應或動作錯誤，只能算是極為普通的狗類，是自己眼光有問題，就不值得提攜與調教。

而那隻一路緊跟老陳上班的狗兒，自然就是「阿忠」。

由於阿忠發覺毫無門路進入訓練所，在多日的觀察下，認為這位老實可靠的人類——老陳，或許能夠吸引他的注意，就有機會進入訓練所，因此對老陳停車下來打量他

以後，居然出兩題考題想考他，正中下懷，不敢大意，老老實實地照老陳的動作重新示範一次。

老陳一見哈哈大笑，心稱妙哉，「原地坐下」與「臥倒」或許太容易了，不妨再試三招，於是又進階挑了三種較有難度的動作，如跳躍、急速煞車與連續滾翻，對方竟然也一一如實回應，老陳這樂非同小可，突然血壓飆高，差點腦中風！

等到喘氣回穩以後，於是重新騎上最心愛的老爺車，也同時朝身後的阿忠招了招手，聰明的阿忠當然會意，立刻跟了進去，就這樣，阿忠終於逮到了機會，一人一犬，一前一後，都進了訓練所的大門，這道原本難以跨越的鴻溝。

這所訓練所的負責人，是由日本人「山本先生」主持，山本先生一生愛狗、惜狗，也訓練狗，因此有「狗大師」的尊稱，與老陳兩人雖然一是台灣人，一是日本人，卻聲氣相投，互為至交。老陳無意間挖到了阿忠這塊瑰寶，有意向山本先生獻寶，因此將阿忠暗中又訓練了將近三個月，直到阿忠將自己認為必須至少上六個月的課程完全學會以後，才改變原來想法，心想阿忠哪是「靈犬」而已，簡直是「天犬」——上天下凡的神犬，因此逮到了一日中午，藉故在廚房宴請山本先生，在台、日兩國精緻料理的輔佐下，又是酒過三巡，菜過五味，大家都略顯醉意之時，老陳見時機成熟，於是請出他心目中的「天犬」出來亮相。

山本先生正酒氣上衝，善飲的他在日本清酒的洗禮下，已經略有醉意，話題正扯到近年來優良狼犬雖然不少，卻都只是一些庸俗之輩，難成大器，正在大吐苦水的時候，突然看到阿忠迅速現身，山本先生眼光為之一亮，驚為天人，老陳在一旁得意非凡，立刻下達指令，只見阿忠不僅漂亮地達成所指定的動作，卻一點驕矜之色都沒有，看得山本先生讚嘆不已。

老陳有「天犬」在手，刻意賣弄，於是與山本先生打賭，本營區內「天」字輩及「地」字輩的狼犬不提，「人」字輩的正統犬類，即使兩隻想要贏他的「天犬」，絕對比登天還難！

山本先生乘著酒興，一時不服，心想這隻外來狗雖然神勇，但是要比得上自己訓練多年的「人」字輩警官級大狼犬，而且要贏兩隻，即使對方再聰明，再神勇，也是達不到的，何況聽老陳講，他只受訓過三個月，這太離譜了！兩位老友，一時意見不合，竟然都動了氣，言明馬上讓他們比賽，輸了就要請對方吃牛排大餐。雙方言定，立刻改變場地，朝外面訓練場所走來。

兩人一到屋外，一陣陣涼風襲來，酒意都退了大半，頭腦也轉為清醒，老陳突然心下一驚，自己怎會在酒醉下賭氣要這隻「天犬」力敵山本先生所紮實訓練出來的「人」字輩好手呢？心想剛才頭殼一定壞掉了，輸了請吃頓飯不打緊，要是這隻「天犬」有何

三長兩短，那不是自己害的嗎？人狗雖然只短短相處三個多月，老陳對阿忠已經產生感情，著實不願意阿忠前去涉險，但是現在如果反悔，面子自然掛不住，因為這兩人雖名為至交好友，卻都是好面子型，因此老陳一時倒不知如何是好！

山本先生此刻也酒醒一半，一看到老陳欲言又止的苦瓜臉表情，早猜到了一大半，心想老陳似乎特別鍾愛這隻他心中的所謂「天犬」，一來為了顧及老陳的面子，讓他有台階下；二來自己也想測試一下這隻「天犬」的實力到底如何？於是開口說道：「我說老陳啊，這場比賽你是輸定了，不過看這隻狗一臉聰明樣，頗討人喜歡，不如咱們就點到為止，只要有一方先受傷或逃跑，就算輸了，你看如何？」

「開什麼玩笑，都還沒有比賽，勝負還未知呢？」老陳著實感謝山本先生如此體諒他，但是嘴上依然不饒人：「我看這次是你非請我吃牛排大餐不可了，哈！哈！」

老陳雖然笑得勉強，因為若能打敗「人」字輩三犬，就可晉級到「地」字輩了，而才受訓三個月的「天犬」阿忠，只要打贏一隻就已經算是勉強，若是兩隻，根本就不可能，除非奇蹟！

但是神勇無比的阿忠，本身就是奇蹟的代名詞！

山本先生挑了兩隻「人」字輩的狼犬，實力一強一弱，心想倘若弱的一方能勝自然最好，如果不幸敗北，還有強的　方助陣，兩犬相合實力超群，即使現在有兩三隻「天犬」，也不是對手。

山本先生識狗神準，挑選方式更是週到，看得說完大話，卻收不回來的老陳心中忐忑不安，心想這場比賽非輸不可，但是阿忠在他心中早已經是「天犬級」犬類，他自然不願意接受「天犬」敗北的事實，於是左思右想，心生一計。

「我剛才說這隻『天犬』足以應付兩隻你訓練的『人』字輩狗兒，對不對？」老陳設下陷阱地問。

「沒錯，你剛才是這樣講的。」山本先生不疑有他，直接回答。

「這就得了，我剛才因為喝了酒，舌頭打結，沒說清楚，我說的是兩隻對付不了一隻，但是並沒有說兩隻聯合對付不了一隻，對不對？」老陳又咄咄逼人地問。

「沒錯，你剛才確實沒這樣說！」山本先生不自知已經掉入老陳的言語陷阱中。

「所以囉，我剛才完整的意思是，這隻『天犬』足以應付兩隻分開來打的『人』字輩狼犬，因為狼犬體型較大，已經佔了不少便宜，如果以二欺一，自然落人口實，說大欺小，多欺少，即使贏了，也沒什麼好光采的，你說是不是？」

老陳又再度質問山本先生，山本先生只有連連點頭的份，因為論訓練狗，自然山本先生是一等一的專家，也可說是目前台灣的第一把交椅，但是論到機智反應，尤其是言語上的辯論，就差老陳一大截了。

「因此啦，這場驚天動地的大賽，為了公平起見，自然應該採用擂台式挑戰法，一隻敗了，再來一隻，這樣才算公平，否則大欺小，多欺少，傳出去就不好聽了！」老陳滿意地全套講完。

山本先生一聽完，心下整理一遍，才發覺原來自己上了老陳的當，老陳自知非輸不可，才用計搬出「大欺小，多欺少」這套脫身說詞，說穿了，還不是想為勝算多一份把握。山本先生想到這裡，不禁覺得好笑，心想即使老陳用計再多，也改變不了輸的命運，於是一口答應，看他還有沒有什麼花招耍。

「總之。」老陳又想了一遍，還是不放心，補上一句：「你這一邊出了兩隻，我方才一隻，如果是雙方平手，自然歸我方獲勝，是也不是？」

「好吧，通通答應你。」山本先生也學起老陳的語氣回說：「是也不是？」

老陳一聽，不禁苦笑，心想：「天犬啊天犬，我老陳能為你做的都做了，至於勝負如何，就靠你自己努力了，佛祖，阿彌陀佛，聖母瑪麗亞，阿門，加油，加油，再加油！」老陳搬出佛教的佛祖和天主教的聖母瑪麗亞，心想加起來或許真的會有出人意表的奇蹟出現吧！

「好，咱們一言為定。」

「對，一言為定。」

兩人一談妥，比賽即將展開。

阿忠以一敵二，不過有老陳的極力襄助，演變為兩場的一對一，但是不管如何，對手都是可怕的「人」字輩犬類，也都屬於統領階級，因此大意不得。

首先與阿忠對陣的，名字「三郎」，是個日本名字，因為訓練師是日本人，因此全區犬類都有日本名字，當然，如果有特殊表現或特色，也可以改成其他名字，不過還是日本發音，「犬狼」就是最好的例子。

三郎在本訓練所已經受訓好幾年，雖然還十分年輕，但是表現突出，極受山本先生看重，因此在今年初剛拔擢為「人」字輩警官級犬類，來日前程一片看好。

三郎雖然與他犬真正對峙搏殺的經驗還不算多，但是反應快，活力充沛是他的最大本錢，這也是山本先生刻意安排他第一場對陣阿忠的緣故，心想一來兩犬都是年輕一輩的犬類，論速度及反應，應在伯仲之間，因此極易測出阿忠的真正實力；二來，如果三郎贏了，老陳大餐自然非請不可，也同時可以證明自己精訓犬類的實力，哪容外來的野狗挑釁！如果三郎不幸敗北了，那下一場就更有看頭了，由「人」字輩老將「武藤」出面，阿忠一定非敗不可了，除非他當真是天上犬類下凡來。

頃刻間，三郎就與阿忠相向而立，三郎意氣風發，阿忠也神采飛揚，兩隻年輕狗都有意試探對方底細，因此光互相旋轉繞圈子，並不立刻採取激烈的攻擊手段。

但是雙方繞了幾圈後，都苦無下手機會，出手一舉就贏的攻擊法最重要的是要先瞧出對手的破綻，但是兩犬都發覺對方並無明顯破綻，因此也都不敢冒然出手，這倒看得山本先生及老陳嘖嘖稱奇。

兩犬搞了半天都不出手，山本先生有些動怒，心想三郎今天怎樣了，不管對方再強，後面還有武藤撐腰，還有什麼好顧忌的呢？心下一急，於是介入兩犬互峙局面，大叫一聲：「三郎，快攻！」

話一說完，只見三郎一聽主人命令，哪能再有所遲疑，立刻縱身撲了過去，想正面壓制阿忠，但是阿忠打架經驗何其豐富，一見機不可失，略一側身，閃過三郎正面的攻擊以後，後腿一蹬，朝三郎身後連續三踢而來，三郎一見大叫不妙，立刻匆忙跳開，還好自己受過紮實的訓練，否則這一舉非敗不可，但是跳得有夠狼狽，看得老陳為阿忠大聲喝采，也看得山本先生心中一陣慌亂，要不是三郎速度及反應夠快，這一下子就非輸不可了，因此山本先生逐漸收回先前趾高氣昂的心態，心想老陳果然好眼光，這隻外來犬絕非一樣犬類能相提並論的！

兩犬再度跳開對峙，又過了一會兒，阿忠心想今日是自己表現的最佳時機，他雖然不知道山本先生就是本訓練所的專屬訓練師，但是一看他指揮三郎的情形，不難想像必是位重要人物，所以阿忠有意表現，不拿點看家本領出來是不行的，但是也必須特別小心，畢竟對手的實力也不容小覷。

阿忠立刻化被動為主動，突然一口氣攻了過來，又是採用連踢法，一時又逼得三郎狼狽閃避，都只有毫髮之差就非敗不可，但是還是被他躲了過去。

不知道是自己速度快，還是運氣好，三郎一見阿忠這波攻擊停頓後，竟然因為連續快擊過度而露出一大破綻，屁股朝他身後極近，三郎一見機不可失，馬上以最快速度一掌朝阿忠屁股處劈下，速度之快猶如閃電，看得老陳及山本先生同時驚呼出來。

「啊！」兩人同時發出同音，但是解讀卻是完全不同：老陳心想阿忠畢竟是外來之犬，經驗不足，連攻後居然露出這麼個大破綻，今日非敗不可！而山本先生卻持不同看法，他看得出阿忠絕非一樣犬類，如果阿忠只是莽夫一個，那今日自然非敗不可，倘若阿忠真是一隻有智慧的「天犬」，那這必是個絕佳陷阱，三郎則非敗不可！

果不其然，山本先生不愧識犬第一專家，只要些微小動作，都難逃他鉅細靡遺的法眼，阿忠當然是故意佈下大破綻，三郎不疑有他，一舉攻入，哪知阿忠竟然在瞬間後腳一縮，三郎前掌用力一揮，力量過猛，身體竟然因為沒打倒阿忠而歪向一旁，身體側向阿忠，此時的阿忠後腳只輕輕一迴蹬，竟然將三郎全身踹飛出去，跌出比賽圈，輸了第一場！

老陳一見阿忠竟然反敗為勝，立刻大聲叫好，心想「天犬」果真不凡，凡狗無法擋！因此對阿忠愈來愈有信心了；而山本先生也朝阿忠點點頭，心想老陳果然「慧眼識英雄」，這隻非正統狼犬的外來狗，果然不同凡響，不過好戲還在後頭呢？該老將武藤出場了！

武藤，是一隻在「人」字輩已經待了好幾年的狗兒，每次選拔「地」字輩的時候，都是差那麼一點點，因此已經有「地」字輩的實力，尤其他的經驗老道，智慧、反應都是一流，如果真要挑小毛病的話，就只有體力稍差一點而已，這是年齡的關係，自然吃點兒虧，但是這種圓圈內一對一的比賽，耐力反倒不是最重要的，因此山本先生將他排在最後一場，自然有他的深切意涵，他見阿忠實力雖強，但是要想打敗武藤，除非奇蹟發生！

當然，以阿忠目前的實力，真的除非奇蹟出現，否則說什麼也打不過這隻已經有「地」字輩實力的強手，但是老陳心中卻得意不止，笑容滿面，心下盤算已定，即使這場比賽「天犬」輸了，自己明言在先，平手還是本方獲勝，因此「天犬」不管是輸或贏，自己今天都是贏家，不過他內心還真的希望「天犬」能贏，因為吃飯事小，輸贏才是面子問題。

武藤不愧老將，與阿忠對峙的時候，氣息渾長且微細，彷彿完全聽不到他的呼吸聲，而且腳步極輕，身段極柔，尤其那對炯炯有神的雙眼，彷彿看得透對手一樣，讓阿忠頓時生畏，好像在那兒見過同樣的眼神，只是一時卻想不起來。

阿忠知道對手十分了得，心想倒不如先來個「連攻法」試探底細，再作打算，思畢，二話不說，竟然直接朝武藤連波攻擊。

武藤一見阿忠直接連擊，不敢怠慢，左閃右躲，右閃左躲，以逸待勞，頓時讓阿忠陷入迷思之中，彷彿自己的舉止全讓對手看穿了，因此阿忠連擊又連擊，依然碰不到武藤一根汗毛，此時阿忠倒慌了手腳，心想行動完全受制對手，這事好像在哪兒發生過？沒錯，正是和魔犬大隊副隊長尖牙對陣的惡夢重演，自己彷如傀儡，受人擺佈一樣！

當然，當時阿忠與尖牙的對決，自然是阿忠急中生智贏了，阿忠心下盤算已定，不如先假裝無技可施，再連攻得對手體力及應變力大亂，最後故技重施，阿忠心想這樣要贏應該就沒有問題了！

果然，阿忠雖然碰不到對方身體，卻死命連番攻擊，武藤唯一的弱點「體力」已經讓阿忠看穿了，所以武藤雖然屢逢險境皆能化險為夷，但是一見對手阿忠竟然像一台發電機一樣，完全沒有疲態，自己只能守，無法攻，主動權完全掌握在阿忠手上，時間一久自然不利，當然，驚訝的不只是武藤，連在一旁觀戰的老陳與山本先生又嘖嘖稱奇。

等過了一大段時間，阿忠迅速跳離戰圈，此時的他已經氣喘連連，渾身大汗，但是精神依然抖擻，戰鬥力仍然不減；反觀武藤，雖然從頭到尾都以逸待勞，但是被動的守也讓他付出極大代價，也在一旁氣喘噓噓，心想阿忠只能一味狂攻，如今必是無技可施，勝負就在這一刻了。

老陳與山本先生也知道勝負之刻將要來臨，因此都摒氣凝神，靜觀其變。

阿忠見時機成熟，還不等武藤呼吸回穩，瞬間踏出大步，從空中往武藤飛來；而武藤也胸有成竹，亦飛身攻了過去，心想阿忠此刻你非輸不可了。

兩犬空中交會，各有算盤，武藤只等到阿忠出手，只要阿忠一出手，勝負立判！哪知雙犬身影愈來愈近，阿忠竟然還不出手，武藤一時大驚，難道要來個兩敗俱傷嗎？因此在即將相撞的片刻，間不容髮之際，當機立斷，往阿忠肩膀輕輕一推，哪知剛一出手，立即大叫不好，阿忠一見對方出手，已經來不及抵禦，一隻巨掌當空劈下，嚇得武藤這一推瞬間又加了一點力道，阿忠頓時被抬高了一點，武藤相對地下降了一點，就差這相對的一點點，武藤頭反射似地一低，阿忠一掌劈下，竟然只劈到武藤的尾巴，此刻這掌用力過猛，身子竟然也飛了出去，阿忠大叫不妙，空中扭腰連轉數圈，等到落地後一看，身子已經前腳在圈內，後腳在圈外，超出界外——「敗選」！

而僥倖躲過阿忠這突來一掌的武藤，雖然經驗老道，猶心有餘悸，一見阿忠身子已經超出界線以外，才大大地鬆了一口氣，大嘆：「好險！好險！」不禁已經對阿忠另眼看待。

老陳一見阿忠突來此招，大聲讚妙，等到一見武藤竟然也在間不容髮之際躲過，而阿忠身子又一半在內，一半在外，又大呼可惜，正要依君子之風判定阿忠輸了，卻見山本先生在一旁臉色鐵青，不發一語。

「喂，山本兄，怎樣了？」老陳急切地問。

「不可思議！」山本先生意有所會地說：「能在極短的時間內連鬥二犬，又能一一想出對策應敵，這才是最難能可貴的，須知經驗只是決策的參考，是可以加以訓練的，而臨場反應力才是機智的表現，是天生賦予的，所以這場競賽，論經驗，當然武藤勝了；但是論機智反應，則算『天犬』贏了！」

「山本兄所言甚是。」老陳佩服地說：「那就請山本兄替這隻『天犬』命名吧！總不能老叫他『天犬』，怪彆扭的！」

「哈！哈！」山本先生極度興奮地回說：「依老陳兄的意思，是要將這隻『天犬』交給我訓練嗎？」

「沒錯！」老陳用力地點點頭，顯然內心早有此等打算。

「好！」山本先生一口答應：「此犬雖然不是正統狼犬一族，卻有狼犬的血統，顯然他的父親或母親有一方是狼犬，一方是台灣土狗，才有這樣罕見的壯碩身體，絲毫不輸給一般正統狼犬，這種現象在日前的台灣十分常見，因此加入我們訓練所也算並非特別之舉，還是可以讓他與一般狼犬一起接受訓練，先從最基本的動作與禮儀教起，視成果加以拔擢提攜。至於他的名字嗎？我見他有日本第一劍客『宮本武藏』的身手及機智反應，就叫他『武藏』好了！」

老陳和山本先生的對談，阿忠私底下不僅聽得懂，而且自信對這兩位愛狗的人士，自己一定可以和小主人小文一樣，與他們用「人話」對話，尤其在聽到他們倆要為他命日本名的時候，阿忠更有股衝動想以「人話」回應，請他們還是叫他「阿忠」好了，因為他最喜歡這個名字；但是一想到從前被發現會說「人話」，還差點不能跟小主人玩的悲慘遭遇，心想為了不被當成怪物，還有一個更重要的理由，就是自己到這裡的真正目的——打聽犬狼的下落，並接受訓練以便日後的復仇，為免節外生枝，阿忠最後選擇了——「閉嘴」！

就這樣，阿忠多了個日本名字，叫「武藏」，也順利地加入了警犬訓練所的大隊伍。

自從阿忠正式進入訓練所以後，山本先生刻意栽培，於是親自教導阿忠，不，現在應改稱為「武藏」，至少山本先生及老陳對阿忠是如此稱呼的，但是阿忠心裡明白，不管他們叫我武藏或任何稱號，我阿忠就是阿忠，就是小主人小文心中永遠的好阿忠！

武藏在訓練所受到山本先生刻意的訓練，從最基本的基礎訓練，到更高深的戰技訓練，無不表現優異，令山本先生極度滿意，不到三個月，立刻破例拔擢為「人」字輩警官級犬類，這不僅創下全訓練所的第二紀錄，更是非正統狼犬升到「人」字輩的破天第一遭！至於前面所說的，創下最短時間升到「人」字輩的犬類，自然就是大名鼎鼎的「犬狼」了。

武藏表現優異，不僅山本先生高興，老陳更是歡喜，善於煮食料理的老陳，人、狗食都精通，常常只要山本先生一有好消息，就宴請山本先生大餐，順便替武藏補一補身子，因此前面的打賭，山本先生雖然自認輸了第一場，請了老陳一頓豐盛的牛排大餐，但是事後比起老陳的時常大打牙祭，真是小巫見大巫了，怪不得山本先生常損老陳，說他才是最後的贏家。當然，這是人類間的玩笑話，自認為聰明的人類，又怎麼知道，武藏，或說是阿忠，才是最大的幕後贏家呢！

武藏一升上「人」字輩後，休閒時間大增，而且他暗中已經打聽出一條極為隱密的聯外密道，是在營區西南方的一棵百年大榕樹旁邊，一個不顯眼的小洞，由於接近堅如磐石的圍牆邊，地點十分隱密，是條狗族偷溜出營地的神祕路徑，只有少數犬類知悉，

而武藏個性誠樸謙遜，因此結交了許多知心好友，當然也趁機探聽出這條對他來講最為重要的通道，一條通往外面世界的康莊大道。

一日，武藏見無大事，於是偷溜了出來，這是他第一次離開訓練所，於是急於打探他帶來的另十位兄弟消息，還好一下子就找到了「小新」，一隻雖然長得不甚雄壯，卻十分機伶的小狗，是阿忠除了小蟲以外的最得力助手。

「小新，這些日子來過得怎麼樣？家鄉那邊有沒有什麼消息傳來？」阿忠急切地問。

「大哥先別急著問，這並非三言兩語可以交待完，不如我們先找個清淨的地方，再慢慢細談。」小新建議地說。

「好，你先帶路，順便將其他兄弟找來一起聚聚。」阿忠心想也對，反正自己又不急，凡事慢慢打探再說。

很快地，小新找來另外九犬，共十一犬，找了一棵隱密的老茄苳樹，久別重逢，似乎都有千言萬語，一時卻不知如何開口，還是小新機伶，首開話題打破僵局。

「大哥，我兄弟十犬在這邊混的也不錯，而且利用這陣子時間，已經在鄰近村庄佈下眼線，並與故鄉連成一道情報網，只要有風吹草動，就可以即刻回報，掌握第一線消息。」小新先說這些日子最重要的工作報告。

「那家鄉大伙兒現況如何？而犬狼又有沒有下落呢？」阿忠等小新工作報告後再

續問。

「家鄉犬類全都安好，聽說大嫂已經生了，而且又是連生九子呢！至於小蟲的傷勢已經漸漸康復，再過一小段復健期就能恢復以前的神采了，等他完全康復以後，七哥天王星將要派他前來這裡助陣，我想，只要有小蟲大哥到這裡負責情報網，犬狼必定無所遁形，可惜我能力不夠，因此犬狼至今仍無下落！」小新清楚地述說著。

「凡事起頭難，你也不要太過於自責。」阿忠安慰小新，順便安慰及激勵大伙兒：「只要我們團結一條心，朝目標努力不懈，必能有所進展，最後達成目標，何況犬狼乃一等一高手，神出鬼沒，要查探他的消息，只有慢慢來了，所謂『凡走過必留下痕跡』，大家不用太過擔心，至於情報網已經佈線連接，我阿忠先感謝各位了。」

「哪裡，哪裡，這是我們應該做的。」眾犬齊聲回道。

等瑣事逐一交待清楚以後，小新於是派其他九犬繼續打探犬狼下落，自己則回頭對阿忠說：「大哥，我已經打探出這裡地盤的老大，出人意外的，竟然是一位女中豪傑，人稱『大姐頭』，聽說她以前曾經和犬狼有過一段情，犬狼以前也曾經造訪過她，因此咱們倒不如先去『拜碼頭』一番，以探虛實，或許能從她身上獲得犬狼的一些資料或情報也不一定。」

阿忠一聽小新提議，大表贊同，犬狼在訓練所的情報自己有空就能打探，至於他在附近的動態，說不定從這位大姊大身上能夠探聽一二，於是立刻與小新相偕而行，朝這位人稱「大姐頭」的地盤中心走去。

這所西邊依山而建的「警犬訓練所」，北邊正毗鄰著「軍營區」，也是依山而建，而離這個軍營區的東邊大門口幾條街遠，就是本地的大菜市場，不僅供應附近村庄蔬果生鮮，更提供本軍區及警犬訓練所全部伙食來源，有「兵市場」之稱。

這裡算是一塊相當富庶的地盤，油水甚多，目前由一隻中年女性犬類主持全區事務，人稱「大姐頭」，是一隻行事作風不讓鬚眉的豪氣女犬，將這個地區管轄的有條不紊，極受附近犬類敬重，小新已經打探出她和犬狼曾經有過一段情，以前也偶有聯絡，才叫阿忠務必造訪，以探虛實。

兩犬一前一後，由小新領隊帶路，剛到離市場角落不遠的地方，小新突然尿急，趕忙向老大阿忠報告。阿忠見小新行事雖然還算牢靠，卻有些俏皮，不比小蟲穩健踏實，不過也算他的得力助手，於是笑著說：「尿急就趕快找地方解決，要憋出膀胱炎就不好了！」小新點頭稱是，趕緊三步當兩步走，一見附近居然沒有電線桿，心下大急，於是一顛一跛地朝另一邊小步跳過去，看得阿忠不禁笑了出來。

等到小新一消失蹤影，阿忠無聊，索性先走到前面一探路徑。走著走著，已經來到菜市場一角，突然聽見旁邊有爭吵聲，好像有弱女子被欺負一樣，阿忠年輕氣盛，見義勇為，一發覺事情有異，於是快步上前，繞過幾個大箱子，見到有四隻流浪惡犬，可能吃了人類所留下含酒精的飯菜，正醉醺醺地圍住一隻年輕貌美，又頗負氣質與姿色的少女狗，先以言語挑逗對方，更有兩隻狗見她弱小好欺負，竟然撲身過去，壓在她身上兩邊，而另兩隻正眼露淫光，曖昧地想有非份之舉的時候，那年輕女犬卻只能低聲喊叫，任其擺佈。

阿忠一見光天化日下，竟然有這等惡劣行徑發生，不由得氣往上衝，走過去大聲喝道：「住手，你們四隻狗界敗類，怎麼在光天化日下以多欺少，而且欺負的是一隻弱女子狗，好不要臉的傢伙！」其中一犬醉眼望向阿忠，說道：「你是那兒冒出來的蔥仔頭，敢管大爺們的事，等大爺們辦完好事以後，再回頭修理你。」說完，不再管阿忠，繼續想做出不軌舉動。

嫉惡如仇的阿忠頓然按耐不住，邁開四腳瞬間欺到那兩隻壓在年輕女犬身上的惡犬，一個「旋風腳」，將兩狗一下子踢翻在地，再一個側身，又將那兩隻正要做出不軌動作的惡犬各賞一大巴掌，打得他們四犬醉意全消，跪地求饒，被阿忠狠狠地訓了一頓，才夾著尾巴落荒而逃。

阿忠見惡犬一離開，趕緊扶起倒在地上，而且受到驚嚇的年輕女犬，見她毫髮無傷，才鬆了一口氣，抬頭與她四目相觸的時候，卻發現對方正癡癡地看著他。

阿忠被看得不好意思，才發言道：「小姑娘，你沒事吧！」彷彿一語驚醒夢中人，那年輕女犬才回過神來，滿面羞赧，語帶顫抖地道：「多謝這位大哥挺身相救！」

阿忠見她猶有受驚嚇之意，於是想問明她的住所，等小新回來後一起送她回家，哪知話剛到口邊，突然從旁邊竄出五、六隻大犬來，個個來勢洶洶，很快地將阿忠團團圍住，而後面又趕來一隻中年女犬，長得面貌艷麗，風韻猶存，卻有一股豪邁之氣，身子未到，話語已近：「小琪，妳沒事吧！」等趕到這隻年輕女犬小琪身邊，一把抱在懷裡輕聲安慰。

小琪倒在母親懷裡，委屈地叫了一聲「媽」，才抽抽噎噎地哭了起來，並將阿忠神勇救己的經過向眾犬細說一遍。小琪聲音甜美可人，加上清麗的外表及姣好的身段，頓時吸引住眾犬的目光。此時小新也來到現場，一臉莫名，怎樣這裡突然間這麼熱鬧，等聽到小琪姑娘講述阿忠英勇救己的行徑，又看到她竟然稱這裡的地頭蛇大姐頭「媽」，心中又驚又喜，心想本來有意請阿忠去結識一下大姐頭，如今英勇地救了她的女兒，這條線倒鋪的漂亮極了，心中著實感激剛才突然想紓解一下的那泡「好運尿」。

大姐頭一聽身旁這位年輕有為的狗兒，竟然如此神勇地救了自己的女兒，不禁眉開眼笑，一見女兒也全然無恙，更是歡喜異常，於是開口邀阿忠前去做客，以表感激之情於萬一。

阿忠一聽倒為難起來，此行目的是專訪本地老大「大姐頭」，如今無故扯出此等事端，救人自己倒不掛意在心，於是微婉回絕，哪知對方執意報答，正為難之際，小新立刻走到阿忠身旁，附耳低語：「老大，她就是我們要找的『大姐頭』啊！」

阿忠一聽恍然大悟，真是「踏破鐵鞋無覓處，得來全不費工夫」，才答應下來，並清楚地說明自己原先有意造訪的來意。大姐頭一聽阿忠誠實以告，毫不做作，又長得一付誠樸踏實樣貌，心下更是歡喜，於是領了眾犬，來到她的住處，一座市場旁隱密的土地公廟後面。

「古人有云：『英雄出少年』，想不到這位年輕兄台，年紀輕輕的，身手及膽識竟然如此高超，又見義勇為地救了我的女兒，當真感激不盡，這些粗劣飯食不成敬意，就請兩位慢慢享用。」大姐頭又感激又誠意地勸阿忠及小新多用些餐點。

阿忠及小新已經一段時間沒有進食，一見前方擺得滿滿一桌，又見主人誠意難辭，那管三七二十一，立刻狼吞虎嚥一番，還同時差點噎著，看得大姐頭母女倆笑了出來，四犬一桌也同時笑成一片。

四犬用膳一片和樂，等到阿忠及小新肚子填了八分飽左右，而大姐頭也問了些阿忠的家世，阿忠敷衍了幾句，正想轉移話題，問大姐頭有關犬狼的事情，突然外面有一犬來報，說少爺來了。大姐頭高興地站了起來，正要離席上前相迎，只見一隻年紀輕輕，卻長得英俊挺拔，眼神中綻放出自信光輝的狼犬，從容地走進客廳，向大姐頭親暱地叫了聲：「乾媽！」又轉向小琪溫柔地叫了聲：「小琪！」雖然是簡簡單單地「小琪」二字，卻蘊含無限柔情。

大姐頭趕緊走過去，一把位住這位年輕狼犬，說道：「夜狼，快來這邊坐。」這隻名叫「夜狼」的年輕狼犬輕輕地靠到乾媽身邊坐了下來。

「我先幫你們相互介紹一下。」大姐頭高興地說：「這位是方才救了小琪的見義勇為，年輕才俊，阿忠，日本名叫武藏，而他旁邊的小兄弟叫小新。」

「而我身邊這位，就是在訓練所已經頗有名氣的『人』字輩高階警官級警犬，是純正的狼犬血統，叫『夜狼』，也是我的乾兒子，更是鼎鼎大名『犬狼』在訓練所最得意的門生。」大姐頭簡略地為阿忠及夜狼相互介紹。

兩犬一聽到對方事蹟、身份，都嚇了一跳，夜狼有點不敢相信，眼前這隻其貌不揚的小狗，竟然會是小琪妹妹的救命恩人；而阿忠這邊也感到不可思議，眼前這隻盛氣凌人的「人」字輩狼犬，竟然這樣年輕就屬於「人」字輩，而且又是「犬狼」最得意的門生，兩人心下似乎各有心思。

夜狼馬上關切地問小琪究竟發生什麼事，大姐頭才加油添醋地彷彿親眼見到一樣，有些誇大不實地將小琪受欺負一事說了一遍，而正當大姐頭揮汗如雨、口沫橫飛地高談闊論的同時，夜狼卻不時用眼睛偷瞄小琪，發現小琪竟然打從他一進門，只微笑地叫了聲：「夜狼哥哥」以外，卻將目光全部集中在這隻一看就知道來自鄉野村里的「鄉巴佬」狗身上，心下不由得頓生怒氣，但是表面隱忍不發，依然假裝笑容滿面地聽著乾媽述說從頭。

等到乾媽一說完，夜狼語帶嘲諷地朝阿忠說道：「這位兄弟雖然不是純種的狼犬一族，卻有這般了得身手，我夜狼代小琪妹妹向你謝過！」阿忠一聽，趕忙回道：「不敢當，不敢當。」

夜狼有意刁難，先褒後貶說道：「可惜你身手雖好，卻眼光不遠，須知現在放了這四隻滋事的惡犬，第一，可能導致他們日後暗地尋仇，防不勝防；第二，他們可能引來大批夥伴，說不定會釀成大災難！所以說嘛，鄉下來的自然見識較為淺薄，這也不能怪他，環境所逼嘛，三餐難得溫飽，又哪有心思放在計謀策略上呢？要是給我撞見了，必會先問清楚他們的來歷及底細，如果沒有靠山，這種社會敗類，狗界渣滓，必先除之而後快；如果有靠山，就得小心應付。總之，單憑血氣之勇，只是小勇，小聰明罷了，這

位兄弟，我這些話雖然乍聽之下有些刺耳，但是卻有深意所在，希望你聽得出來，並且不要介意。」

「對，對，阿忠你千萬不要誤會。」大姐頭一見氣氛不太對，趕緊緩頰說：「夜狼平常不太愛說話，但是所說的都有深切的意涵。」

阿忠及小新都聽出夜狼這種刻意損人的話，顯然充滿妒意，但是自己身為客人，不便發作，相互看了一眼，彼此會意，阿忠於是坦盪地笑著說：「哈！哈！夜狼兄所言甚是，我阿忠日後必會多加反省，不再魯莽行事而沒有顧慮到後果，承蒙指教，感謝之至。」

而小琪呢？一聽乾哥哥夜狼刻意貶損救命恩人阿忠，心下有些為阿忠叫屈，卻反見阿忠竟然笑容以對，足見阿忠胸懷坦盪，更加心儀不止，又雙目微睜，癡癡地望著阿忠。

夜狼打從一開始就將全部心思放在小琪身上，本來心想今日正好趁任務比較輕鬆的時候，過來探視乾媽，當然最重要的是跟小琪妹妹卿卿我我地談笑一番，哪知一進門就見到了阿忠這棵「青仔欉」，不僅恃功而驕，也不知道用了什麼邪法妖術，竟然將小琪迷得團團轉，卻不來理會平日待她最好的乾哥哥，不禁醋勁大發，頓時覺得話不投機半句多，於是站了起來，託言任務未了，必須趕回去覆命。

等夜狼走到門邊正要離開，大姐頭突然心念一閃，想起阿忠及夜狼同是訓練所的要員，一是「人」字輩新人，小琪的救命恩人；一是「人」字輩頂尖好手，自己的乾兒子，如果能使他們兩者和好互助，那麼對她來講，無疑是一項大利多，於是趕緊叫住了夜狼。

「夜狼，你與阿忠既然同是訓練所的明日之星，警官級犬類，而且阿忠有恩於小琪，又是新人，乾媽希望你在訓練所的時候，能多多照顧及提拔阿忠一下，都是自己人，希望你能了解乾媽的意思！」

「沒有問題！」夜狼爽快地回答，聰明的他當然了解乾媽的用心，但是一見小琪在他臨走的時刻，竟然還凝眸佇盼阿忠，彷若完全不知道他即將離開，又彷若根本不在乎他的存在，這頓時讓乾媽的用心化為泡影，心中「恨」意頓現，取代一切，所謂「一山難容二虎」，夜狼馬上又和氣地回覆大姐頭：「乾媽，您請放心，這位阿忠，或稱武藏的兄弟，既然是小琪妹妹的救命恩人，又令小琪妹妹如此心懷感激之情，在訓練所裡面，我一定會『特別』『特別』地照顧他的！」

大姐頭一喜之下，衝昏了頭，沒聽出夜狼的言外之意，弦外之音，而眾犬中當然只有夜狼知道自己的話中話，心中罵了一句：「鄉巴佬！」轉身頭也不回地走了出去，一到門外，馬上眼露兇光，恨意填塞胸膛，心想只要有我在訓練所的一天，包管你阿忠或

武藏沒好日子過！

這兩隻年少得志的犬兒相遇，是彼此臨時的巧遇，還是上天刻意的安排，而夾在其中毫無知覺的小琪姑娘，將來會是幸福，還是悲哀呢？

等夜狼一走出客廳後，阿忠一見機不可失，或許運用「旁敲側擊法」，就能夠探聽到一些有關犬狼的事情，心念一定，開口就問：「大姐頭，這位夜狼兄弟果然是青年才俊，想必來歷必定不凡？」

阿忠不問則已，一問之下，大姐頭的話，彷彿從水籠頭流出來的水一樣，滔滔不絕。

「我說武藏啊，這夜狼的來歷果真不凡啊。」大姐頭高談闊論起來：「他的祖先數代都是純正狼犬血統，而且都在日本本土立過大功。夜狼也出生在日本本土，在戰爭期間被帶來台灣，當期送來幼犬一百隻左右，都是經過精挑細選的，目的是想訓練成警、軍兩用犬，準備等訓練完以後，送到東南亞及南洋等國家，幫助日本皇軍及警察維護當地秩序，此次計畫代號『神狼』，先在日本本土精選優良血統幼犬，再送到中繼站台灣，接受嚴格而且完整的訓練，再從其中挑出十隻，預備當長官級犬類，而夜狼自然就是這其中十隻之一。」

「至於夜狼的師父，人稱傳奇犬類『犬狼』先生，就更有名了，他也是日本本土出生的正統狼犬，憑著優異成績被挑選到台灣來受訓，並支援警部，由於協助警方屢破大案，因此快速竄升到『天』字輩最高級統率警犬，創下前無古人，後無來者的爬升最快速度，而且一上任『天』字輩唯一統領『總隊長』，馬上大力革新，將本訓練所的破案率升到全台灣的最高紀錄，創下好口碑，更曾經被派駐到中國大陸各地為皇軍作戰。」

「後來回到台灣以後，被台灣軍方看上，收編為軍官級軍犬，幫軍方執行最艱難的終極任務。不過不知道為了什麼，不到半年，犬狼就逃出軍部，回到這裡，帶了幾隻訓練所『地』字輩狼犬逃走，四處作亂，聽說也想學日本人建立『大東亞犬類共榮圈』，至於詳細情形，由於事後只與他碰過一次面，又不曾深談，因此也就不知道詳情了，不過，說句實在話，犬狼一直當我是紅粉知己，我才會了解這樣多的。」

大姐頭詳詳細細地將阿忠要問的話說完，也使阿忠聯想起好友兼下屬，也就是先被陷害，後為復仇而犧牲生命的獨眼及跛腳，成為犬狼入主警犬訓練所最高長官的墊腳石，兩塊差點付出生命的踏板。

阿忠心想大姐頭既然不避諱地道出她自己與犬狼的關係，自然已經不將自己當成外人，那日後從這條線探聽出狡猾如狐的犬狼下落，就更加容易了，但是也不想說破自己與犬狼有不共戴天之仇，以免讓大姐頭存疑，有所警惕，反正「留得好情面，日後好相見」，等吃得差不多了，就告辭有事必須離去，而大姐頭正好也有事待辦，就叫小琪送兩位貴賓離席。

小琪領著阿忠及小新出去，小新一見阿忠及小琪兩位郎才女貌，敏感的他似乎可以感覺出小琪中意於阿忠，於是藉故要先行回住所，叫阿忠待會兒再來找他，小新交待完以後，就假裝若有其事地走了。

所謂「落花有意，流水無情」，小琪殷切地凝眸望著阿忠，情意綿綿，但是已經有家室，而且奉行「一大一妻制」的阿忠，卻只當她是妹妹！

阿忠誠實不欺，但是也極想得知犬狼的最新消息，或許小琪是她得知消息的最佳橋樑，阿忠心念一動，與其求教江湖歷練已深的大姐頭，倒不如就教清純可愛與天真無邪的小琪姑娘，因此阿忠坦白地告訴小琪，他來此地的最大目的之一，就是要向犬狼要回上次被他所借而沒有歸還的母親遺物，而在因緣際會下，才進入了訓練所。阿忠心想這也沒違背自己原則——「不說謊話」，因為說部份的實話並不算說謊，所以將報仇一事不表，只告訴小琪他母親遺物的事情，並且希望小琪一有犬狼消息，馬上通知他。

小琪一聽阿忠坦白告訴自己內心話語，顯然也不將她當成外人，滿心歡喜地點了點頭，一口應允下來。阿忠一見小琪欣然同意，也高興地補充說，只要一有犬狼訊息，希望她立即回報給小新，哪知小琪的反應竟然出乎阿忠意料之外，卻搖了搖頭！

阿忠一時倒慌了手腳，怎麼小琪剛才明明答應，現在又立刻反悔了呢？但是老實的阿忠當然猜錯了，小琪並沒有反悔，「少女心海底針」，阿忠又怎麼猜的到呢？

正著急間，小琪一見阿忠窘態畢露，心下不忍再加以捉弄，才說道：「人家可以叫你一聲阿忠哥哥嗎？我想這樣比較親切。」小琪刻意化減尷尬氣氛。

「當然可以，小琪姑娘。」阿忠鬆了一口氣回道：「那能不能請教小琪姑娘一下，方才妳一下子點頭，一下子又搖頭，我都被妳搞糊塗了，如果真有不方便的地方，阿忠絕不敢強加勉強。」

「你也不用『小琪姑娘長，小琪姑娘短』地叫我，叫得人家怪不好意思的，我叫你阿忠哥哥，那你叫我小琪，或小琪妹妹好了。」阿忠點點頭答應，小琪才又說下去：「阿忠哥哥千萬別誤會，以後阿忠哥哥的事，就是小琪的事，救命之情山高海深，小琪永生難忘，人家剛才的意思，是既然阿忠哥哥想知道犬狼叔叔的第一手資料，如果是不大緊急，當然可以立刻通知小新；如果是十分緊急，那就非親自告訴阿忠哥哥你本人不可了，以免傳話之間有所遺漏，請阿忠哥哥不要多慮，小琪又豈是容易食言而肥呢？」

「小琪姑娘，哦，抱歉，應該說小琪妹妹，剛才我真的誤會妳了！」阿忠不好意思笑著說：「你要是生氣，罰我什麼都行。」

「人家才……。」小琪原本想接「捨不得罰你呢！」但是一想到女孩子家，怎麼好說出這種不得體的話，才又接道：「人家才不會罰阿忠哥哥呢！是人家反應太快，沒解釋清楚，小琪倒還想讓阿忠哥哥處罰，才會心安呢！」

兩犬內心事一經坦白，已經對彼此有更深一層的認識，邊聊邊散步，小琪又多問了阿忠一些家裡事情，阿忠不想有所欺瞞，於是將已經成婚，而且妻子已經生產了，及自己也已經當爸爸的事情，毫不保留地告訴小琪，言談之中，顯然對自己不能在妻子身邊照顧她遺憾不已。

小琪一聽阿忠已經有了妻室，一則以喜，一則以憂，喜的是阿忠已經不當她是外人，而且對妻子體貼非常，是自己夢寐以求的標準丈夫類型；憂的是阿忠看來似乎頗為專情，那還會再接納她嗎？

但是小琪心念又一動，狗族本來就是一夫多妻，甚至一妻多夫也很正常，不像人類明明標榜一夫一妻制，卻有很多人明知故犯，搞出一堆地下情人，顯然沒有我們狗族坦率！一想到這裡，又釋懷不少。

兩犬走在一起，遠處一見，只看到兩道相依背影，倒像極了一對戀人！不過阿忠已經將事情交待的有了眉目，於是轉身向小琪說，必須先交待小新一些事情，接著就要趕回訓練所，才告別小琪而去。

小琪望著阿忠漸行漸遠的身影，內心才逐漸平息下來，不似方才的小鹿亂撞，心想還好自己留了日後相見的伏筆，否則這一去，相見又是何年何月何日呢！

阿忠一見時間已經不多，於是匆忙地來到小新的住所，等交待完一些事情後，才快步從祕密通道趕回訓練所。此時月亮已經現身東方，現出一片朦朧美景，阿忠無心賞玩，剛好趕上晚飯時間。

事隔幾日，突然來了兩隻夜狼手下，說有事請阿忠過去一下，阿忠不疑有他，跟了過去。

他隨著這兩位帶領犬走到一處僻靜之所，四處林木蒼翠，花團錦簇，遠望隱約中，正有一隻架勢高傲的狼犬橫立當前。

等到阿忠一上前，拉近那似乎桀驁不馴的模糊身影時，沒錯，正是「夜狼」。阿忠心中頓時有股不祥的感覺，突然想起夜狼臨離開大姐頭家所講的話語，又想到今日此刻的氣氛，顯然非比尋常，立刻提高警覺，不怕一萬，只怕萬一，留神方為上策。

「武藏，聽說最近你事業及愛情都十分得意順遂，不是嗎？」夜狼一開口就酸溜溜的，彷彿吃到了酸葡萄，直令人酸到心坎兒裡。

「託您的福，一切還差強人意。」阿忠見對方似乎來者不善，除加強戒備以外，也小心地回答。

「你太抬舉我夜狼了，無論如何，你實在是我夜狼除了師父以外，第一個佩服的犬類，論成就，你的爬升速度除了師父以外，無人能及，雖說有靠山山本教練及老陳兩

人撐腰也不為過，『最後的勝利者才是真正的勝利者』，這是以前師父常教我的，不是嗎？」夜狼又話中帶刺地反問阿忠。

「豈敢，豈敢，我武藏怎敢與鼎鼎大名的犬狼先生相提並論，論資歷，講身手，也與夜狼大哥您相差十萬八千里。至於職位，也是我武藏運氣好了一點罷了，碰到兩位啟蒙的恩人老師，才有今天這般小成就，所以個人無功又無德，更談不上技壓過人，是您太抬舉我了，著實不敢當！」阿忠委婉地回應。

「哼！姑且不論成就，你還有一點是我夜狼更佩服得五體投地的優點，就是是位扮豬吃老虎的大情聖，忠厚老實的外表下，卻潛藏無窮的調情種子，我倒真心真意地想請教你那迷倒女子的手段，哦，不對，應該說是把馬子的方法，夜狼我誠意懇請賜教一二。」夜狼假請教，真諷刺地又出言不遜，投出一記變化球，著實令老實的阿忠瞠目結舌，竟然答不上腔，呆立現場。

夜狼以為阿忠故意沉默不答，想混過，哪有那麼簡單，於是直指核心說道：「例如，小琪妹妹突然被某人以邪術妖法迷得團團轉，不再理睬那日夜思念她的乾哥哥，你說，這隻狗類令不令人佩服呢？」

阿忠一聽完，這時候才聽出一點端倪，原來夜狼正在拐彎罵他，但是他對小琪並無感情，有的話，也只是兄妹之情，無端飛來橫禍，竟然被夜狼誤以為他是在搶他的意中人，阿忠不禁又好氣，又好笑。

「我懂了，原來夜狼兄對小琪妹妹早已經情有獨鍾。」阿忠故意提高聲調說，見夜狼既不點頭承認，也不搖頭否認，顯然默認，才解釋道：「那夜狼兄大可放一百二十個心，『君子有成人之美』，況且我已經有了妻室，也正為我生下了孩子，思念她都來不及了，哪有餘力另外金屋藏嬌，拈花惹草呢！你說，是不是？」

阿忠學夜狼反問的語氣，令原本醋勁大發的夜狼一聽，登時像吃了一百顆人參果一樣，有股飄飄然的感覺；但是心胸狹窄且氣度高傲的夜狼，雖然放了心，卻不肯放人，今日非好好找阿忠麻煩一番，方可洩連日之忿。

「姑且不談男女感情的事，你倒底是不是大情聖，日後必然明朗，到時候想賴也賴不掉。我今天找你來的目地，是聽說你最近除了囂張以外，還到處在打聽我師父的事情，是不是有『問鼎中原』的企圖，恐怕只有你自己知道了？」夜狼藉題發揮，逼問阿忠打聽師父犬狼的動機。

阿忠心念一閃，原來除了感情問題以外，夜狼又扯上了他師父犬狼這件事來，前者已經頗難應付，後者更是非小心回答不可，否則一引起夜狼存疑，恐怕日後打聽犬狼的事情或下落，就會多一層阻礙了。

「犬狼是本訓練所有始以來最傳奇的人物，我武藏雖然身手不佳，資質又駑鈍，但是卻最崇拜偶像級人物，因此想趁在訓練所這段期間，多搜集一些有關犬狼傳奇的故事，以便日後回到鄉下，可以向村裡的犬類炫耀一番，多威風，多有面子啊！」阿忠不愧狗老大老黃第一賞識之犬，不僅有勇，更有謀，一席話說得漂亮極了，不僅掃盡了夜狼的心中疑慮，更將自己的行為合理化，著實令夜狼深信不疑。

夜狼一聽阿忠的所有回答，都令他十分滿意，原想今天就放他一馬；但是頓然腦中又閃現出小琪妹妹對阿忠那種「關愛的眼神」，醋勁又起，哪肯如此容易地放過阿忠。

「我說武藏啊，方才是我失言，你其實除了人為的靠山以外，能升上『人』字輩與我同級，想必身手也十分了得，我生平有一大嗜好，就是喜歡跟實力相當的人切磋武藝，而我這兩位兄弟比我更有這種嗜好，所以我有個請求，大姐頭乾媽不是要我多照應照應你嗎？想來與我這兩位兄弟切磋一番，也是人生一大快慰之事，你應該不會拒絕我這小小的請求吧！」

夜狼明言切磋，暗地裡卻要藉機修理阿忠，這招倒令阿忠接也不是，不接也不是，何況夜狼又祭出大姐頭這面大旗，想來今日不賣帳是不行的，萬一夜狼誤會自己太跩或瞧不起他，那必定節外生枝，不如先答應他，再找個機會開溜。

「好，但是須明言在先，雙方點到為止，這樣可以嗎？」阿忠先訂遊戲規則，免得到時候夜狼翻臉不認人。

「沒問題，就由我兩位兄弟開始吧！」狡猾的夜狼雖不如他師父犬狼一般狡詐，卻老愛佔人家便宜，更有意試一試阿忠的身手，再決定自己要不要親自對付這位「鄉巴佬」！

那兩位夜狼兄弟兼手下，老實不客氣地不發一言，逕攻了過來，阿忠趕忙閃避，但是並未還擊，心中盤算已定，除非必要，否則只要不出手，就不會傷了彼此的和氣，因為這場切磋遊戲勝敗都會惹上麻煩，只有評估「避大害近小害」而已，正所謂：「兩權相害取其輕」。

三犬你來我往，鬥了一會兒，那兩犬不論如何搶攻，都無法逼已經今非昔比的阿忠出手，夜狼的試探奸計無法得逞，心想非自己親自出馬不可。

「停，三位請住手，武藏兄果然身手不凡，怪不得能晉升『人』字輩，真格不只是人為因素而已，自己的努力更加重要，今日我倒想真正領教一下你的實力，武藏兄該不會令我掃興吧！」夜狼心想，不管你武藏本領再高，對付「兵」字輩兩隻小犬當然綽綽有餘，但是想對付像他那樣已經有「地」字輩身手的高階警官級犬類來講，無疑痴人說夢，畢竟阿忠受正統訓練的時間太短了。

但是夜狼哪知阿忠雖受正統訓練時間不長，但是實戰經驗比夜狼多太多了，尤其他經歷過大風大浪，自然成熟不少。

阿忠心想今天與夜狼之戰不可避免，對方是本訓練所的明日之星，大有繼承師父犬狼的態勢，不可輕敵，須小心應付才行。

兩犬四目一對上，立刻都縱身後撤，互望良久，卻誰也不肯先出招，因為只要一出手，一有破綻，那必定非輸不可，因此望了老半天，竟然像兩隻木頭犬一樣，一動不動！

猝然！一聲響亮哨音劃破寧靜的氣氛，是緊急集合哨音，平常少有吹動，一經吹動必有要事交待！阿忠一見機不可失，趕緊小心翼翼地先撤了身，夜狼也會意，同樣撤了身，化解方才一觸即發的緊張氣氛。

「今天不巧，老闆有事，咱們後會有期。」阿忠藉故瞬間跳離另外三犬一丈之外，高聲喊著，哪知瞬間夜狼也跳了一丈有餘，欺到阿忠身旁，阿忠嚇了一跳，以為他又要動手，只聽夜狼望了望他那兩位手下，搖了搖頭，意思是說雙方實力相差太遠，否則要來兩隻強一點的手下，今日阿忠插翅也難飛，無奈天公不作美，找來這兩個沒用的傢伙，失去一次整倒阿忠的機會。

「對，要非老闆有事，今天切磋必定大有看頭，不過誠如你所說的，咱們『後會有期』了，哈！哈！」夜狼縱聲狂傲大笑，彷彿下次只要逮著機會，非好好修理一下阿忠不可。

阿忠心想，今日樑子一結下，日後必須更小心應付才行。

「緊急哨音響起，眾犬聞聲迅速集合」，這是訓練所的重要命令，阿忠等趕緊朝哨音方向飛奔而去。

五、天字第一號

一到集合地點，是本訓練所的大操場，平日集合及訓練的地方，中間有一高台，離地面足足有數公尺高，兩旁設有陡梯，沒有三兩下本事是上不去的。此高台居高臨下，四周視野遼闊，是一處極適合集合或訓練的好地方。

此時已經有幾百隻犬類聽到哨音集合過來，雖然數量眾多，卻井然有序，按「天、地、人、兵、犬」五級依序排列順當，鴉雀無聲，動作齊整，一見就令人讚嘆不已。

高台上已經有位中年日本人高尼其上，兩位年輕助手側立在旁，而那位中年日本人，小平頭，國字臉，一襲傳統日本服飾，腳蹬一雙大木屐，腰間別了一支訓練犬類專用的指揮棒，長得面目威嚴中不失涵雅，嚴肅中又帶親切，此人就是本訓練所的首腦人物，首席訓練師，名震海內外的犬類訓練專家「山本先生」，正用他那鷹眼般的銳利目光橫掃全場，見群犬們能在短時間內集合完畢，顯然符合標準，令他十分滿意，尤其當阿忠及夜狼入列的時候，山本先生眼睛突然為之一亮，心想根據多年來的經驗判斷，這兩隻犬類必是本訓練所他日的兩顆最耀眼明星。

山本先生見眾犬集合完畢，開口說道：「諸位優秀的犬族們，今天本教練集合大家的原因，是因為又到了秋末測試的時候，正好在『地』字輩方面，有三隻優秀狼犬外調他處，空下三缺，按規定，天字輩有三隻，地字輩有十隻，人字輩有五十隻，都是警官級犬類，也是最難爬升的，因此本次測試重點，就是由「人」字輩的優秀犬中，挑出最優秀的三犬，遞補「地」字輩遺缺，因為共有五十隻人字輩犬類有權參加競技，有五十分之三的機會，請各位盡全力爭取最佳的成績吧！」

在「人」字輩角逐升任「地」字輩方面，由於粥少僧多，競爭空前激烈。

本項競賽共分五關，前三關採「淘汰制」，淘汰末段班成員；後兩關採「擇優制」，拔擢前段班優秀者。

第一關是「極速關」，為百米競速項目，主要是測驗所有角逐者的爆發力，淘汰最後的十名參賽者，共四十隻犬類過關；第二關是「耐力關」，採馬拉松式四十多公里的人類標準，測驗選手們的體能極限，也是淘汰最後的十名參賽者，共三十隻犬類過關。

第三關，是「抓對撕殺關」，三十隻共分十五組，兩兩一組，抓對撕殺，可用學得的各種搏擊及戰鬥技巧，但是點到為止，輸的犬類遭到淘汰，以測驗各參賽者的敏捷性、反應性及戰技體能等多項指標，共十五名精銳出線。

到了第四關「魔鬼特訓關」，就是由出線的十五隻犬類，經過一連串精設的關卡挑戰，有點類似人類的「少林寺十八銅人陣」一樣，不僅是速度、體能、反應，甚至是機智的綜合性大考驗，而且採用的是「擇優制」，最強的五隻犬類才能晉級第五關，競爭最激烈，也最艱難，出線者有如經過魔鬼的考驗，地獄的洗禮一般，因此才叫做「魔鬼特訓關」。

最後到了第四天，一天一關競賽，共選拔出「人」字輩中第一流的五隻超級強犬，果然如大家所料，本訓練所的明日之星「夜狼」順利出線，率先進入第五關，其後有鈴木、約翰及小太郎相繼通過層層考驗，進入總決賽，這也是大伙兒內心有底的結果，因為他們的實力緊追在夜狼後面。

等四隻犬類相繼順利過關後，全場參觀者最緊張的，並非狗類一族，而是本訓練所的掌廚大老老陳，他從頭到尾一直盯著內心最為掛意的天犬「武藏」，即阿忠，如今在五十隻訓練有素的「人」字輩狼犬中，雖然內心早預料到武藏出線的機率不高，但是他還是不願意面對現實，心想必定會有「奇蹟」出現。

果不其然，武藏沒讓鍾愛他的老陳失望，更沒讓訓練他的山本先生丟臉，本屆競賽大黑馬，第五隻進入第五關的參賽者，就是「阿忠」。

第五關，也是最具挑戰性的一關，叫「分組競賽關」，考驗的項目，已經跳脫個人英雄主義，採團隊競賽法，由出線的五犬各帶領五名隊友，共六犬一組，朝十公里遠的一座小山岡邁進，中途除了會經過人類的若干鄉鎮以外，更會有預設的各種陷阱，來回共二十公里，只要將山上的五面小錦旗中分屬各隊的帶回，但是要進入前三名才算過關，因此是五取三的局面。由於五犬都是高手，又是帶隊進出人類的世界，中途又有各種不可預期的陷阱或狀況發生，所以難度當然最高，除了考驗領導能力及應變能力以外，最重要的，就是互助合作的團隊默契。

夜狼一見死對頭武藏居然能不在老陳及山本先生的庇護下出線，心想一定是運氣好，「老天爺愛笨小孩」，今日不出線還好，只要帶隊出了訓練所，就是我夜狼的天下了，非逮著機會好好整治他一番不可，想到這裡，不禁嘴角露出詭異的笑容，眼睛斜斜地望向阿忠。

而阿忠一見夜狼那高傲狡獪的外表下，居然斜對著自己獰笑，內心有譜，但是並不打草驚蛇，反正出發後一切小心為上，明槍易躲，暗箭難防，非得時時提高警覺不可，不過只要一想到故鄉所發生的悲慘事件，阿忠內心頓時澎湃不已，自己要進不了「地」字輩，就沒有資格談復仇的事情，內心一篤定，立刻勇氣加倍，準備迎接任何艱難挑戰。

終於到了令人最期待的第五天賽程——第五關「分組競賽關」，入圍的五犬共分五組，各以一種顏色替代，按抽籤定出順序如下：紅隊（夜狼）、黃隊（鈴木）、藍隊（約翰）、黑隊（小太郎）和白隊（武藏），由這五犬又各另帶五犬，一隊六犬，目標是十公里遠的「大肚山」，山頂上有一棵百年大榕樹，樹下插有五面不同顏色的錦旗，只要能將自己隊所屬錦旗帶回，名列前三名就算晉級，榮登「地」字輩。

五犬一字排開，在總指揮山本先生的鳴鎗聲下，三十隻警犬立刻衝向目標，爭取最後勝利。

首先衝出的隊伍是夜狼一隊，接著是鈴木、約翰、小太郎三組居次，阿忠這組殿後。由出發點可以看出，夜狼生性較為衝動，愛出鋒頭，而實戰經驗豐富的阿忠已被經驗磨掉稜角，較能沉穩住氣，殿後不是實力差，反之，卻是觀察的最佳順位，因為這一路上絕難風平浪靜。

出了營區不遠處，有個被遮避的狹隘轉角，阿忠遠遠一望，立刻停下腳步，因為那裡正是佈下陷阱的最佳場所，於是改走旁路，雖然較遠，但是反而比較安全。

夜狼衝過轉角，一見居然湧出三、四十隻攔路犬，嚇了一大跳，趕緊喝動手下加速向前衝，竟然被他躲了過去，而後三組就沒有這般速度及運氣，一時身陷群狗中間，暫時無法脫身。

夜狼驚魂略定，回眸一瞧，卻不見阿忠那組，內心為之一震，這武藏果然有兩下子，竟然能事先偵測出陷阱所在，自己當然在平常也能做到，但是今日急於表現，倒一時不察，差點陰溝裡翻船，武藏啊武藏，夜狼頓時靈光一閃，歹念卻也隨著加快的腳步成正比成長。

本次闖關者共有五組，取前三名，自己入圍當然沒有問題，但是要讓武藏也入圍了，那不是正統狼犬之恥嗎？倒不如耍點小手段。當然正面規則不能破，如動錦旗的歹念，但是早佈下眾多耳目的夜狼，對山本先生的陷阱佈局已經瞭若指掌，因此立刻泛出奸詐的獰笑，只要讓阿忠得到第四名，不就既可讓他高位落敗，活活氣死，更可報這些日子以來的所有仇恨，不正是兩全其美的好辦法嗎？

腦筋靈光的他瞬間連環計出現心中，立刻暗中吩咐比賽外的手下前去佈陣及打探其他四組的動態，自己卻停下腳步，以便實施第一步陰險計謀。

消息回報，武藏目前雖然領先，但也陷入小阻礙之中，無法有大幅拉距；而另外三組，約翰已經衝出重圍，向前而來，其他兩組還在苦戰！

夜狼大稱「妙哉」，真正天助我也，由於約翰是隻出生於美國的狼犬，行事做風較為個人英雄主義，自然比較衝動，是最容易設計的對象。

於是夜狼揮動手下躲在暗處，一見約翰衝過身去，猝然也率大眾尾隨他的身後，一下子就跟他並駕齊驅。

夜狼所帶領的紅隊腳力及速度屬於五組第一，又有不間斷的情報相佐，因此夜狼有恃無恐，盡情挑釁約翰，約翰大怒，竟然與夜狼拚命起來，但是逐漸掉入夜狼的陷阱中而不自知。

到了前方十字路口，由於出了人類住家區，都是小徑，只見兩犬正在競速互爭高下，彼此不讓。等到了十字路口，夜狼假裝繼續向前衝，但是同時對隊友做信號，全員收到，猝然全部來個九十度大右轉，跳到右邊，而約翰所帶領的藍隊一見奇怪，想煞車已然不及，全部衝過十字路口，四腳瞬間踏空，原來這哪是什麼十字路口，只是T字路口，那突出的道路就是一個大陷阱，藍隊全數跌入大坑之中，無法逃脫！

夜狼滿意地完成第一步棋，就是先淘汰一組，剩下四組，接下來就更容易處理了，只要設法絆住武藏，讓另兩組先晉級，自己再得到第三名，那武藏不就落敗了，與「地」字輩無緣，如此才可消除自己內心對武藏的恨意。

狡猾的夜狼又再度加快速度，等所帶領的紅隊到達山頂的時候，只見阿忠的白隊錦旗已經不見了，夜狼大吃一驚，心想這武藏究竟是何許人也，怎麼已經遙遙領先各組，不僅個人武藝高超，帶隊實力更是驚人，不趕緊實施下一步棋不行，於是吩咐手下取走紅旗，快速避開陷阱，跑到阿忠隊伍前面。

阿忠到了一處小徑上，遠遠卻看見有隻小狗橫在眼前，跑近一看，不正是夜狼的手下嗎？只見他躺在地上呻吟，有氣無力地說夜狼一隊雖然後來居上，卻全數遭遇陷阱，自己掙扎逃出找救援，卻中暑躺了下來，希望阿忠能取一點水給他喝，就感激不盡了！

阿忠不疑有他，心想夜狼雖然對自己有成見，但是既然同是一個訓練所的犬類，又為了救自己隊友而體力不繼，於是拿著錦旗，想沾一點水給他舔，就跳入身旁的樹叢間，因為遠處有潺潺的流水聲。

等阿忠想走到河邊，突然空中一道黑幕罩落，阿忠大叫不妙，想縱身躲開，已然不及，一面巨網往他的身上襲來，將他死死纏住，阿忠正奮力掙扎，只聽到身旁有一個熟悉的聲音傳了過來：「武藏，你不用再逞英雄了，愈掙扎只會纏得愈緊，你就認命、認輸吧，鄉巴佬，哈！哈！」是夜狼的嘲笑聲。

阿忠在網中尋聲看過去，沒錯，夜狼正自鳴得意而且充滿鄙視地望著他。

突然衝進來一犬報告：「隊長，鈴木和小太郎已經經過這裡，朝回程去了。」

夜狼聽說報告以後，滿意地點了點頭，並對隊友發令：「好，很好，小將，這傢伙就交給你了，網中之魚，料他也飛不上天，哈！哈！」說完，就跟著那一隻報告犬走出了樹林，留下隊員中一位頗為年輕的犬類——「小將」。

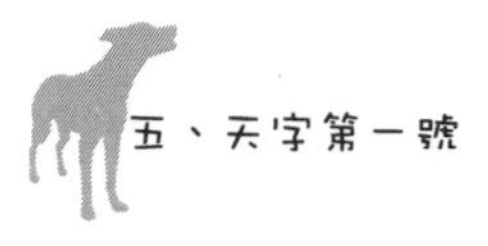

阿忠一聽夜狼和前來報告之犬的對話，已經內心有譜，心想自己怎麼這麼大意，一路上只注意最危險的人類陷阱，倒忘了同族的狗類圈套，如今身陷危難之中，一定要設法掙脫，無奈網子卻愈纏愈緊，大聲呼救，隊友又聽不到，這下如何是好呢？

阿忠邊側身，邊注意周遭環境，一見身旁不遠處有棵倒了的小樹，正巧剩下根部一小段，卻有一小邊尖刺狀突出，內心盤算，只要側身能找到網緣的地方，再利用尖鉤一拉，就可以脫身，因此假裝用力掙扎而愈來愈緊，終於一腳鉤到了網緣，心下大喜，但是思緒又一轉，先別急著逃走，或許可利用這個機會套出夜狼的全盤奸謀。

「我說小將小兄弟啊。」阿忠假裝邊用力掙扎，卻愈來愈狼狽的樣子說：「我現在已經是甕中之鱉，任你們宰割了，不過我真的很佩服你們隊長夜狼先生，怎麼會想出這樣厲害的招數，讓我落敗呢，這麼高招的計謀，真是令人佩服啊！」

「那當然了，想來你大概也知道厲害了吧，反正你必輸無疑，也不怕你瞭解，隊長真不愧本訓練所未來的『天字第一號』最佳人選，他早已經引誘約翰的藍隊步入陷阱，而且約翰雖然最後逃了出來，但是根據消息指出，他的隊友最終還是讓人類救了出來，因此已經喪失比賽資格了。」

「再來，就是剩下四隊了，我們聰明無比的隊長想用計謀先拖住雖然已經暫時領先群雄的武藏你，讓其他兩隊先走，等他們到達目的地之後，我們紅隊再搶佔最後一席名次，正符合五隊取三隊的資格賽，讓你們白隊得到落選第一名，也就是五隊中的第四名，淘汰出局，才能活活把你們給氣炸了，你說這個計謀好不好？妙不妙？」

小將口沫橫飛地力捧隊長夜狼的全盤詭計，阿忠卻已經趁機將身體移到尖鉤旁邊，見時機成熟，於是回道：「果然這是………。」

「你說什麼，果然是什麼？」小將一時沒聽清楚，於是身體側過去用心聽。

「我說這果然是………。」阿忠說到這裡，用力一翻身，頓時將網子翻轉過來，朝小將身上用力一罩，反將小將全身瞬間裹住，又接道：「………好計謀，可惜對我沒用！」

阿忠一說完，立刻以最快的速度衝出樹林，並大聲叫道：「白隊弟兄，快往前跑。」一溜煙，白隊已經消失現場。

夜狼在不遠處一聽到阿忠居然還能大聲發令，了不得了，馬上也奔回樹林，只見隊員小將已經中了阿忠的反計謀，被網子死死纏住，大伙兒費了好大一番功夫才救他出來，夜狼恨得牙癢癢的。

「隊長，我們要不要立刻超前過去，否則萬一『偷雞不著蝕把米』，反成了第四名就糟了。」隊員們關切地尋問。

「那倒不必。」夜狼極有自信地說：「我夜狼行事有一貫風格，就是喜歡在百分之百的計謀以外，再另築一道保險牆，另設一個預備計謀，以備突發狀況產生，武藏就是最好的例子，我早算計過他不是一個好對付的敵手，如今果不其然，但是無論他再狡猾如孫悟空，也逃不出我這如來佛的手掌心啊，哈！哈！」

阿忠帶領白隊隊員一路奔馳，又閃過山本先生設計的兩大關卡，心想這下子應該可以搶佔第三名有希望了。

猝然，眼前一個小廣場有一位熟悉的背影，正被兩隻惡犬架走。

阿忠定眼一看，不正是「小琪」妹妹的窈窕身影嗎？立刻不假思索，救人要緊，於是帶領全小隊衝入廣場，大叫一聲：「住手，小琪！」話剛說完，立刻從兩旁竄出三、四十隻惡犬，阿忠大叫一聲：「遭了，又中計了！」

此時只見遠處有小琪般背影的女犬緩緩轉過身來，回眸一笑，這哪是小琪啊！

阿忠大意失荊州，心想這下子與「地」字輩真要絕緣了，再度掉入夜狼巧妙的陷阱之中。

但是阿忠歷經百戰，絕不會因此而退縮的，心想苦戰難免，不過絕不放棄任何生機，立刻做下暗號，三犬一組，全隊分兩組下令朝眾犬攻殺過去，一場混戰開始揭開序幕。

阿忠等有意掙脫，對方卻刻意糾纏；阿忠等想速戰速決，對手卻死纏爛打，想一時脫身，似乎比登天還難。

夜狼所帶領的紅隊刻意從混戰隊伍旁邊經過，夜狼有禮貌地朝阿忠大聲叫道：「武藏，好好地玩吧，承讓了，哈！哈！」瞬間帶隊消失蹤影。

過了一會兒，阿忠內心猶如熱鍋上的螞蟻，心想時間一拖久，必敗無疑，正苦無對策之時，突然傳來一陣熟悉的聲音：「住手，你們這群卑鄙的傢伙，還不快給我住手！」

阿忠尋聲一看，大吃一驚，只見有二犬前來解危，一位是自己視為親妹妹的「小琪姑娘」，而另一位，不正是睽違多時，自己牽腸掛肚已經久的兒時玩伴，已經受傷一段時間不見的重要參謀──「小蟲」嗎？

眾犬一聽小琪姑娘的斥責聲，立刻夾起尾巴停戰，原來這些都是大姐頭的手下，被夜狼借調過來陷害阿忠，這下子被發現，真正糗大了，於是一個接著一個夾緊尾巴，很快無聲地自動消失現場。

阿忠趕緊迎過去，小琪姑娘一見到阿忠，似乎有千言萬語訴說不盡；而阿忠面對小蟲，卻也頓時說不出話來。還好小蟲機警，立刻對阿忠說：「大哥，現在不是敘舊的時刻，等比賽完再好好談一談。」

經小蟲這麼一提醒，立刻驚醒夢中人，對了，比賽才是最大、最終的目的，於是回過神來，立刻又喝動手下，朝回程目標快速邁進，心中只想著：「只要一勝利，就可與小蟲好好暢談一番了！」士氣一經振奮，腳程似乎比剛才加速許多。

夜狼見到阿忠的狼狽醜態，內心無限歡喜，真等不及再見到阿忠到頭來只得到第四名的悲慘滋味，他那氣炸的神情一定非常有趣，要是能向人類借照相機來拍個留念照，就更加完美了！夜狼得意非凡，自認為自己果然是狗界奇才，甚至將來有超越師父「犬狼」的希望。

夜狼完全陷入自我的迷夢中，在得知另外兩隊已經晉級的時候，腳程自然也加快不少，但是他萬萬沒想到，「人算不如天算」，甚至「狗算也不如人算」呢！

最近附近小村庄的一名郵差先生特別興奮與緊張，因為老婆懷孕已經足月，近幾天就要生產了，自己只要一送完郵件，就會像腳踩風火輪一樣火速趕回家中，畢竟第一次當爸爸的人，總是特別緊張。

今天他上班的時候接到一通電話，說老婆已經快要臨盆了，而且在醫院內待產，負責盡職的他，雖然卡桑（母親）會幫忙在醫院照顧一切，但還是不放心，好不容易將信件完全送畢，正想趕回去，途中就如同夜狼一樣心不在焉，就在一個巧合的轉角處，夜狼與郵差先生的摩托車同時出現，雙方都大吃一驚，但是後悔已經來不及，夜狼被撞得飛了出去，身受重傷；而郵差先生也應聲倒地，渾身是血，正抖著身子抽搐著。

這突如其來的晴天霹靂，慌得紅隊隊員竟然個個不知所措！此時阿忠的白隊也已經趕到，一見狡猾如狐的夜狼竟然惡有惡報，害人害己，如今橫躺一旁，真是咎由自取，本想帶隊向前衝過去，那第三名頓時可入囊袋之中。

正當阿忠隊伍已經經過夜狼一隊的時候，突然聽到夜狼的下意識大叫：「救人第一，快去找人類幫忙！」自己則拖著渾身是血的身軀，竟然朝郵差先生身體歪歪斜斜地顛了過去，然後輕輕臥倒在他的身上，在此黃昏的同時，時節已經接近中秋，氣溫頗有涼意，夜狼竟然在自己身受重傷之下，卻發揮了警犬「救人第一」的神聖使命，用自己已將凋殘的身體護住人類的身軀，為他保暖以延續生命，這一幕看得阿忠眼眶微紅，這才真正了解到，夜狼其實也有一顆善良的心。

阿忠二話一說，也立刻吩咐手下：「白隊聽令，全員立刻到最近的人類派出所（警察局）報案，快去！」話一說完，也往郵差身旁跑過去，也用自己的身軀輕壓在郵差先生身上。

夜狼在模糊的眼光中，竟然發覺阿忠就在自己身旁，跟自己做同樣的動作，起先一愣，但是立刻也泛出難得一見的感激笑容，這也讓彼此爭鋒不讓的緊張氣氛為之冰消瓦解，日後兩人終成莫逆之交。

附近的一間警察局一聽見門外竟然有狗兒在狂吠的緊急聲，判斷出是狼犬的叫聲，出來一看，認出是附近訓練所的受訓犬，但是怎會無緣無故跑來警察局前面撒野呢？不過仔細一看，彷彿有緊急事情發生一樣，也不敢待慢，立刻出動多名刑警，荷槍實彈，等到了現場一看，竟然看到有兩犬護人，嘖嘖稱奇，感動非常，馬上叫救護車趕來救人。

此時山本先生及老陳也聞聲趕來，一聽警察大人詳盡地描述及讚嘆，老陳訝異非常，感動不已，而山本先生卻連連點頭，也滿意非常，只見奄奄一息的郵差及夜狼同時被送上救護車，阿忠竟然也跳上車想跟過去，救護人員原本不肯，但是老陳及山本先生為他一說項，才破例一同被救護車載往醫院，自己則坐著警車隨後也同時趕往醫院。

一經急救，還好都沒有生命危險，山本先生及老陳才都鬆了一大口氣。

但是老陳心繫比賽，在得知全員無恙外，立刻對山本先生說：「夜狼出車禍，應該算是退出比賽，那麼第三名，就應該算是出武藏得到，他為了救人才沒有抵達終點，警犬『救人第一』的精神也被他表現的淋漓盡致，你說是不是？」

「是，啊！不是。」山本先生說。

「咦！你怎樣一下子說『是』，一下子又說『不是』，那到底『是不是』？」老陳不耐煩地問。

「我所謂『是』的意思，是武藏確實做到了警犬『救人第一』的神聖天職，也著實令我感到敬佩及光榮。」山本先生解釋道：「至於說『不是』呢？是規則早訂之有年，絕不能輕易改變，武藏是有能力完成比賽，卻沒有機會實現，那只好等下一次了。」山本先生只要脾氣一硬起來，簡直比石頭還硬！

老陳雖然為武藏叫屈，但是也能體會山本先生做事的原則，不過讓心目中的「天犬」落敗，說什麼也不甘心，何況武藏還有「寧願放棄升級，也要救人第一」的偉大情操呢！

老陳不愧屬於老狐狸級人物，雖然明不能改山本先生之意，但是既然要講規則，那老陳也絕非省油之燈，順水推舟，不信山本先生不會就範。

「我說山本兄啊！」老陳刻意提高聲調：「既然你執意講規則，而且不能破例，那好，我老陳就來跟你講規則好了，請問，今天的賽程有沒有時間限制？」

「這個嘛！我倒沒有特別限制，只要今天以內完成，應該就可以了！」山本先生想了想，這樣的講法好像對，又好像不對。

「那好，既然今天的賽程沒有特別限制，那所謂『今天』的定義，自然是晚上十二點以前，那我再請問一下，現在才九點多，只要能在十二點以前完成任務，那算不算在今天內完成比賽，那算不算通過考驗呢？」

「這個問題嘛，我倒沒有想過！」山本先生一時倒難以回應老陳：「不過，按理講應該算通過才對。」

「好，那就事不宜遲，我們重回現場，比賽重新繼續開始，目前是五取二，還有一位名額，咱們快回去吧！」老陳一逮到機會，就說出了自己的全盤計畫。

「這個嘛！反正說不過你，這也不算違例，而且夜狼也已經包紮過了，沒有大礙，就全數重回現場吧，但是倘若十二點以前完成不了，過了『今天』，到了『明天』，就一切免談了，ＯＫ？」山本先生也知道老陳的個性，不到黃河心不死。

果然，在十點多的時候，山本先生及老陳及若干工作人員，各拿著一只大手電筒，照得方才的事故現場四周一片通明，眾犬又重回比賽場地。但是時間不等人，緊張的氣氛再度瀰漫開來，只不過受傷的夜狼顯然已經出局，第三名非阿忠莫屬了，老陳滿意地點了點頭，一付怡然自得的樣子。

阿忠一隊依然神采高昂，山本先生一聲喝下，全隊立刻又在眾人面前消失，直奔訓練所的凱旋大門歸來，看得老陳心中放下一顆大石頭，也看得山本先生稱許地點頭連連。

突然間，又一陣狗吠聲回轉，阿忠一隊竟然又轉回頭，只見阿忠走到已經身受重傷，而且垂頭喪氣的夜狼身邊，與之並駕共行，其餘隊員則走在他們倆後面，成整齊的兩路縱隊，並肩前進，看得現場工作人員一陣傻眼，阿忠及夜狼此刻的心情，也只有山本先生及老陳能體會得出，看得老陳是老淚縱橫，也看得山本先生刻意回轉身體，用手巾去擦那眼眶已經裝不下的淚滴。

時間一分一秒地過去，彷彿現在時間過得特別快，雖然夜狼一隊有阿忠這隊打氣，但是已經剩下五分鐘就十二點整了，只要一到十二點，兩隊可能同時喪失晉級資格，看得所有工作人員為他們捏一把冷汗，難道阿忠已經不在乎名次了嗎？眾人類摒氣凝神，靜待事情發展！

阿忠似乎也察覺到時間緊迫，再不加速腳步，那昔日所有的努力將成泡影，但是夜狼渾身是傷，雖經過他多次催告阿忠快跑，不要管他，否則耽誤了時間，又會加重自己的罪過，但是有情有義的阿忠，又怎麼忍心棄下自己已經認定的生死之交呢！

只聽阿忠猝然大叫一聲，紅、白兩隊隊員立刻應聲聽令，拔腿開跑，阿忠立刻縱身在夜狼身前蹲下身來，意思是要夜狼趴在自己身上。夜狼了解阿忠用意，立刻也忍痛坐了上去，四腳用力死命夾緊阿忠的肚子，以防滑落，阿忠則四腳一邁，用盡吃奶之力，一溜煙奔了過去，同時留下現場一片驚訝之聲，尤其現場已經有記者聽到警察講述「警犬救人」的英勇事蹟，準備來探訪這兩隻英勇犬類，如今一見如此場面，竟然傻眼地呆立一旁，還好助手趕快提醒，才拍下了這張傳為狗界美談的難得照片。

「十，九，八，……。」就在倒數計時中，全訓練所幾百隻犬類集聚在大門口，正迎接阿忠及夜狼的到來，只見他倆二犬一體，就在最後一秒時衝入訓練所大門，同時晉級第三名，成為真正具有實力的「地」字輩，全場轟然雷動！

阿忠與夜狼聯手救人，並同時進入「地」字輩的消息很快傳了開來，使他們兩位新人大有前途無量的態勢，不僅轟動狗界，更在人類世界中傳為美談。

阿忠也馬上會合小蟲，兩位兒時玩伴兼最佳戰友一搭上線，真的談得沒完沒了，尤其小蟲的傷勢已經完全康復，有了這位最得力的助手，加上手下小新已經大致將情報網架設完成，這條極重要的情報來源，就等犬狼現出原形了。但是，狡猾非常的犬狼，至今依舊音訊全無！

阿忠經常到大姐頭家打探消息，而同時，小琪姑娘也經常主動親自提供消息給阿忠本人，但是都是一些零碎而且沒有強力支援的訊息，而阿忠一向視小琪為親妹妹，小琪卻視阿忠為最佳依託終生的伴侶；至於夜狼，一見乾妹妹如此痴情於阿忠，也識趣地想成全他們，這嚴重的三角戀情就更難收山了。

到了翌年春天，訓練所更大的重頭戲又將上演，那就是最精采、最刺激的——挑戰「天」字輩。

在訓練所裡面，目前「天」字輩共有三犬，即「天字第一號」：福岡；「天字第二號」：麥可；及「天字第三號」：田中。依照往常慣例，春天之時就是「地」字輩成員挑戰「天」字輩成員晉級的時候，這是唯一想上升職位的方法，但是自從犬狼離開以後，「天字第一號」已經穩由福岡坐上，而近年來，甚至挑戰第二、三號者，也大都鎩羽而歸，因為依照規定，是必須連續挑戰而不能中斷，也就是先過「五犬陣」，再天字第三號、第二號，最後勝第一號才算成功，因此挑戰「天字第一號」成功的機率簡直太低了，等於一天中要連續戰勝八犬，比登天還難，歷屆中除了犬狼一次成功以外，已經沒有人能刷新這項記錄了。

在這批「地」字輩成員中，除了新進的鈴木、小太郎、夜狼及武藏以外，另外七名大都已有年歲，因此參賽意願並不高，但是也派出了最強實力的左藤及大熊兩名參賽；至於新人，小太郎在晉級「地」字輩的時候，腳傷至今未癒，也退出了比賽；剩下的鈴木、夜狼及武藏，因為年輕氣盛，全數參加，因此這次的挑戰賽共五隻「地」字輩成員加入挑戰行列，二舊三新，準備迎接更高難度的競技。

大賽前，先由五犬抽籤定順序，抽中依序為：第一號左藤，第二號鈴木，第三號夜狼，第四號大熊，阿忠殿底，抽中第五號，一天一場比賽分勝負。

第一天，由老將左藤參賽，他年紀雖然大了一點，卻老當益壯，論體能及速度，都不輸年輕人，因此先闖「五犬陣」，順利過關，已經有資格進入「天」字輩挑戰級。

左藤已經是第三年闖關，因此一對上「天字第三號」的田中，立刻打成平手，但薑是老的辣，一個「神犬擺尾」，將田中摔出場外，成為暫時的「天字第三號」，但是再闖關時已經耗盡體力，敗陣後，成為新的「天字第三號」。

第二天由新人鈴木挑戰，也通過難纏的「五犬陣」，接下來挑戰新的「天字第三號」左藤，卻不幸敗北，失去晉級機會。

第三天，就是由本屆呼聲最高的，人稱「天才型狼犬」的夜狼闖關。

夜狼一上場，就以極優雅而且快速的身段過「五犬陣」，立刻搏得滿堂彩；再挑戰新的「天字第三號」左藤，一老一少，老的經驗老道，少的身手矯健，不下三十招，也打敗左藤，搶佔新的「天字第三號」。

他再要求晉級，與「天字第二號」的麥可大戰起來，兩人實力相當，而且夜狼也因已經連過兩關，因此陷入苦戰，還好自己基礎紮實，最後險勝麥可，成為新的「天字第二號」。再要求晉級挑戰，終因體力耗盡，敗給穩紮穩打，以逸待勞的「天字第一號」福岡，卻也打破了多年來憑實力竄升最快的記錄，當然並不包括犬狼在內。

第四天，因為夜狼已經站上「天字第二號」，擠下原第二號的麥可，因此必須由麥可對陣左藤，搶佔「天字第三號」。

麥可是隻美國借調來的狼犬，完全美式訓練及打法，因為麥可早就熟悉了日本式打法，而左藤卻不懂美式打法，立刻陷入被動守勢，雖然最後力戰，但是終究不克，出局。

第五天賽程，原由大熊挑戰，但是大熊雖然身軀龐大，力大無窮，卻因一時大意，竟然敗給了「五犬陣」，空留遺憾。

裁判見大熊竟然如此不濟，馬上宣佈後面賽程提前，由本屆大黑馬武藏遞補上來，又立刻引起眾所矚目，當然這時候眼睛最雪亮的，自然是老陳了。

武藏也以夜狼般的氣勢，輕鬆過了「五犬陣」。接下來挑戰原「天字第二號」，目前降為第三號的麥可，雖然美式打法阿忠不曾見過，但是身經百戰的他很快就捉到要訣，也輕鬆地再下一城，如此連下兩城都輕鬆過關，大有犬狼二世的氣魄，能否平或破犬狼保持多年來的記錄，阿忠最有希望。

等站上了「天字第三號」以後，就要挑戰新任的「天字第二號」夜狼，夜狼早有意試探阿忠實力，但是都沒有實際機會，因為昔日有仇時未曾交手，今天變為莫逆之交以後，卻又都會手下留情，如今正好趁此機會，彼此放手一搏，不論成敗，都會皆大歡喜，因為至少兩犬都站上了「天」字輩了。

阿忠及夜狼兩犬一來一往，互不相讓，當真打得天昏地暗，一個是精力無窮，一個是以逸待勞，二犬難分難解，過了很久時間，依然不分勝負，就在一個險招中，阿忠

借力使力，竟然差點將夜狼摔出圈外，夜狼此刻心中已經對阿忠佩服的五體投地，昔日一直以為他全靠靠山，就是人類的山本先生及老陳提拔，才會瞧不起他，又罵他「鄉巴佬」，如今一試，只覺阿忠實力超凡，竟然有用不完的體能，自己自嘆不如，不如趁早成全他，或許有機會佔上「天字第一號」也說不定！夜狼一則心服口服，一則想成全阿忠，於是不加煞車，直接摔出圈外，阿忠應聲晉級。

正當阿忠戰勝夜狼，才要盡全力挑戰「天字第一號」福岡的時候，突然有一年輕人類幹部，手裡拿了一只緊急公文進來給山本先生，山本先生打開公文一看，上面寫著指定要訓練所的「天字第一號」福岡下去地方協助警方辦案，並幫助訓練已經成軍，卻苦無首領的地方警犬訓練所。

山本先生看完，既然上級有特別命令交待，又急著要警犬配合，於是下令為福岡隔日舉辦惜別會，並宣佈不戰而勝的武藏榮獲本訓練所新任「天字第一號」，夜郎為「天字第二號」，麥可為「天字第三號」，明天慶功宴與惜別會一併舉行，效力也從明日交接開始生效。

隔日，在惜別暨慶功宴上，一時離別及祝賀之聲此起彼落，倒有點不倫不類，不過因為時間緊迫，權宜之計也是迫不得已。

正當新任的「天字第一號」武藏與原「天字第一號」的福岡互道珍重時，福岡說出了內心話，坦承自己實力已經比不上武藏及夜狼兩位後輩了，因為如果昨天與武藏對決，自己只有不到五成的把握，如果阿忠真的發揮實力擊敗他，那他也必定因為勝不過夜狼而落成「天字第三號」，還好天公做美，讓他能從「天字第一號」榮退，他真心希望這兩位目前訓練所中最強，也最有實力及活力的年輕人，能好好管理訓練所，為訓練所開創出更美好的未來。

阿忠及夜狼見福岡言語懇切，絕非恭維之語，內心也十分高興，因為他們畢竟是不戰而晉升一級，得到有點心虛，不過論實力，山本先生在「地」字輩的測驗中，早看出阿忠的潛力無窮，大有直逼犬狼的態勢；但是論真正實力，雖然阿忠已經穩坐本訓練所第一把交椅，事實上與狗界奇葩犬狼相較，還是不夠火候，不過年輕就是本錢，阿忠能否在日後超越犬狼的成就，還在未定之天！

阿忠自從升格為「天字第一號」以後，已經能自由進出訓練所，因此到大姐頭家的次數愈來愈頻繁，但是每當他邀夜狼一同前往的時候，夜狼總推託有急事要辦，一連多次，阿忠心下存疑，等聽到小琪妹妹與他談話時的神情愈來愈奇怪，言談中似乎有依託終身的意思，阿忠更是心驚，細細思量下來，原來自己將全心全意放在事業及追蹤犬狼的行蹤上，竟然忘了這對自己認為天造地設的一雙戀人——「夜狼及小琪」，卻因為自己的突然介入而情海生波。

阿忠覺得事態愈來愈嚴重，一個是自己最要好的朋友，一位是自己視為親妹妹，這下如何是好？感情線真是剪不斷，理還亂，老實的阿忠又怎麼應付得了呢？於是前來找小蟲及小新商量。

「大哥，我早就看出小琪姑娘鍾情於你。」小新解釋道：「打從你救了她以後，她的一顆心彷彿早就懸在你身上，我只是不好意思說破。」

「我最近也看得出來。」小蟲接著說：「小琪姑娘對大哥的感情，已經不是一天兩天了，大哥，你準備怎樣做？」

「這下糗大了！」阿忠心煩意亂地說：「我因為一時不察，才給了小琪妹妹錯覺，卻又無意中傷了夜狼這位好朋友的心，你們也知道，我只當小琪是親妹妹，而且我奉行的是人類的『一夫一妻制』，思念內人莉莉都來不及了，又哪有心思去愛其他犬類呢？我就是不知道如何解決，才來找你們商量啊！」

「俗語說的好：『慧劍斬情絲。』」小蟲見阿忠左右為難，建言道：「大哥如果真的無意，還是早日打破小琪姑娘的愛情迷夢，免得愈陷愈深而無法自拔！」

「對，解鈴還須繫鈴人，或許該是坦誠表白的時候了。」阿忠點頭附議地說。

傍晚時分，在一片夕陽無限好，只是近黃昏的美景下，阿忠約了小琪姑娘，當然，小琪姑娘一見阿忠竟然主動邀約她，又是在美麗如詩的黃昏底下，格外興奮，細心打扮後，雀躍地赴了約，但是她哪裡知道，此約卻是令人心碎的分手之約！

「小琪妹妹。」阿忠一慣如此稱呼她：「我真的不知道該如何向妳表白，但是有些話我又非說不可，請妳心平氣和地聽我慢慢道來。」

「我是個有妻室的人，也奉行一夫一妻制，內人莉莉是我這輩子的最愛，也將是唯一的愛人，希望妳能體會，我一直把妳當做親妹妹，我也希望妳能把我當成親哥哥，夜狼才是真正愛你，疼惜妳的最佳人選，也是位可以託付終身的伴侶，希望妳能……。」

阿忠的話語未完，小琪姑娘已經掩面哭泣而去，留下了錯愕當場的阿忠！

翌日，阿忠一夜未眠，心驚昨天如此坦白的話語，是否嚴重傷害了小琪妹妹純潔無瑕的心靈，正不知所措的時候，突然見到紅著眼眶的小琪前來造訪，阿忠嚇了一大跳，見她也是一夜未眠，於是帶領她散步在訓練所的美麗花園中，寶島四季如春，中部寶地更是氣候宜人，花團錦簇，但是美景當前，二犬都無意觀賞，阿忠沉默以對，還是小琪姑娘先開口。

「阿忠哥哥。」小琪也一慣如此稱呼他：「我經過了一夜的細細思量後，才從迷夢中驚醒過來，細想從頭到尾，都是我個人的單方思戀，雖然明知大哥你已經有妻室，卻還欺騙自己，強自妄想自己還有機會，才會造成今天的尷尬場面，小妹在這裡向大哥先賠個不是。」

「小琪妹妹，妳千萬不要這樣說。」阿忠惶恐地回道：「這樣我內心會更加自責的！」

「阿忠哥哥，你千萬不用自責，其實我已經看開了。」小琪已經恢復往日的燦爛笑靨說：「有人說，兩情相悅是最理想的狀況，但是被愛是絕對幸福的，我經過長思以後，也體會得出，以前我對夜狼大哥，也只有兄妹之情，我知道他對我很好，但是他那高傲的舉止一直吸引不了我，如今他跟你在一起之後，性情大變，雖然現在已經很少來我家，來的時候似乎也刻意迴避著我，但是我依然體會得到他是真心愛我的，或許他才是我今生應該選擇的終身伴侶吧！不過小妹在這裡有個請求，就是希望阿忠哥哥，你能真正成為我的親哥哥，讓我永遠當你的親妹妹，好嗎？」

「那太好了。」阿忠見小琪妹妹真正地看開了，如釋重負地說：「家母雖生九子，我卻是老么，我一直希望能有個像親妹妹的人照顧，如今小琪妹妹願意當我的親妹妹，那再好不過了，以後要有人欺負妳，大哥第一個不饒他！」

兩犬開誠佈公地說出了潛藏心中的話語，感情卻不減反增，真的像一對親兄妹，有說有笑地走在花園裡，這時候只發覺方才不起眼的花園景緻，如今格外美麗動人。

突然在前方見到也已經一夜未眠的夜狼，正探頭探尾，鬼鬼祟祟地在外面走來走去，好像十分緊張地在等待什麼，此時三犬一遭遇，只見夜狼主動迎了上來，似乎鼓足勇氣想說話。

「阿忠，小琪，你們都在這裡太好了！」夜狼假裝與他們不期而遇，但是明眼人一瞧，都知道他是刻意的，他又接著說：「有一件事情憋在我的心裡，實在太難過了，今天正好有這機會，我一定要說出來。」

「阿忠，你是我除了師父以外，最敬佩的犬類了。」夜狼強加鎮靜地說：「老實說，一見到你出現以後，小琪妹妹與你那種兩情相悅的神情，我起先是吃醋，後來我了解阿忠大哥你的為人以後，卻為小琪妹妹高興起來，因為你們兩人郎才女貌，簡直天生一對，地設一雙，我衷心祝福你們。」

「不過。」夜狼終於鼓足勇氣說：「說實在的，我對小琪妹妹的愛意，依然永生難忘，至死不渝，祝你們永浴愛河，白頭偕老。」

夜狼一說完，頭一甩，立刻想逃離現場，只見阿忠及小琪聽到平日高傲的夜狼，今天竟然會緊張的說不出話來，而且不知道阿忠及小琪早已經兄妹相稱，兩人都大笑出來，而小琪也不好意思多說什麼，倒是她轉身就跑，離開了現場。

夜狼一見他倆怎麼發神經似地笑成一堆，又見小琪笑著離開現場，真是一頭霧水，等到阿忠詳細說明一切後，夜狼才恍然大悟，阿忠又補上一句：「佳人雖去不遠，還不快追！」夜狼才如夢初醒，飛追小琪而去。

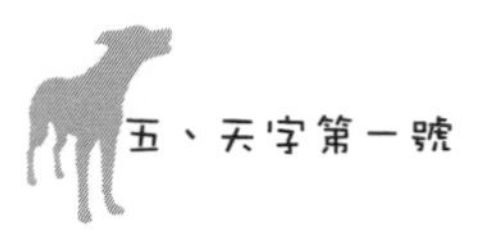

糾葛難纏的感情事告一段落以後，阿忠如釋重負，也大大地鬆了一口氣，但是一想起目前自己雖然已經成為訓練所最強的「天字第一號」，卻遠不是犬狼的對手，每當一想到這裡，心情立刻又陷入谷底，眼望蒼天，不知如何是好？

阿忠左思右想，卻還是想不出一個好的對策，信步走著走著，不知不覺中，來到一處訓練所的角落地帶，阿忠不自覺抬頭一看，卻發現來到一個全然陌生的地方。思緒立刻回轉過來，奇怪他來訓練所已經足足一年多了，也算跑遍了整個地方，怎麼這裡自己竟然從沒來過，於是再往前走去，只見眼前景物大變，離開小樹林後，出現了一些老舊非常的房舍，有幾隻垂垂老矣的狼犬正在那裡休息，阿忠這才醒悟過來，原來自己無意中，來到了訓練所的「警犬退休居」。

阿忠現在已經是「天字第一號」，只聽過訓練所有一個角落，是專門收留年輕時在訓練所出過力，退休後由訓練所安養至死的地方，稱為「退休居」，想不到阿忠竟然會在無意中造訪這裡，一時好奇心大起，於是信步走了下去。

這裡住著許多已經年邁將逝的老犬，與世無爭，對阿忠這隻雖然已經貴為「天字第一號」的貴客並不在意，談天的談天，發呆的發呆，好像沒看到阿忠似的。

阿忠眼望四方，見這裡的建築物是老房舍改建，但是還十分堅固耐用，而且顯然有人在維修，證明人類並沒有將他們遺忘。

阿忠走在這裡，心中舒坦不少，至少沒有人會管任何人的舉止，反而有種逍遙自適的感覺。

走著走著，突然看到前面屋簷下擺了一個大鐵籠，裡面好像關了一隻正在發狂的老狗。阿忠向路人一打聽，赫然了解，原來這隻叫「老皮」的籠中犬，以前竟然也當過「天字第一號」，但是現在已經發瘋了，營區為了安全起見，才將他關在籠子裡面，只要病情一好轉，也會立刻放他出來，不過這幾天狂性又起，才又進了牢籠之中。

阿忠一見居然有「天字第一號」的大人物在這裡，哪有不拜訪之理，於是悄悄地走了過去。等阿忠走到籠子外面的時候，綽號老皮的老狗突然轉過頭來，與阿忠四目相望，只見他登時大叫起來：「犬狼，犬狼回來了！」

阿忠被這突然之舉嚇了一跳，又見老皮驚恐地喊完後，反而回過神來，神色鎮定且目不轉睛地瞧著阿忠，並示意阿忠坐下來與他聊天。

阿忠見老皮神色已如常人，於是走近坐在鐵籠旁邊，只聽老皮訝異道：「太像了，真的太像了，不過犬狼的眼神中充滿了詭詐及奸謀，而你的眼神中卻綻放出正義及溫暖，但是乍看之下兩犬的眼神真的太像了，簡直一個模樣，不對！應該說是一點都不像才對。」

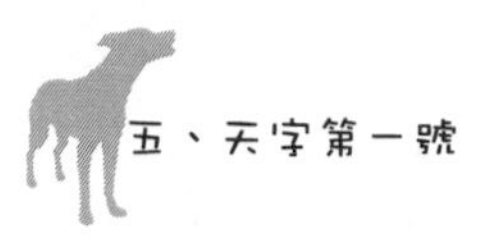

阿忠聽得滿頭霧水，怎麼老皮一下子說什麼像，一下子又說什麼不像，好像是指阿忠及犬狼的眼神很像，但是他的描述詞語又正好相反，那應該算不像了。阿忠猜想老皮大概腦筋有些短路，也不放在心上，只靜靜地坐在一旁聽他講話。

「年輕人，老傢伙人家叫我『老皮』，你也叫我『老皮』好了，你叫什麼名字？」

「我叫阿忠，日本名叫武藏。」

「哦，你就是現任最年輕的，最鼎鼎大名的『天字第一號』，老傢伙一見到你就知道不是普通人物，果然好樣，真的不簡單，這麼年輕就當上『天字第一號』了，唉！」

「老皮大哥，我聽說你以前也當過『天字第一號』，可不可以也說來聽聽，武藏還有許多要學習的地方呢？」

「唉！」老皮深深地嘆了一口氣道：「老傢伙我這輩子最得意的事，就是提拔了犬狼這位百年難得一見的狗界奇才；但是最失意的事，就是竟然被這忘恩負義的傢伙背叛了！」

老皮這才將自己的故事大致跟阿忠述說一遍。

原來老皮可以算是犬狼的提拔者，或可稱為師父，當他在「天字第一號」的時候，座下管理百餘犬，但是卻沒有中意的接班人。等他一見到犬狼的時候，就是那種眼神，極度自負及高傲，正是他找尋已久的人物，於是從頭嚴加訓練；而犬狼也不負所託，短短不到一年，竟然從「犬字輩」攀升到「天字第二號」，這個記錄空前絕後，傳為訓練所美談。

不過犬狼心機及城府頗深，竟然用計逼使原是「天字第一號」的師父老皮退休，進而大改革，全數換上自己的人馬，成為穩固的實際掌權者，至使人稱犬狼師父的老皮黯然下台，提早退休。

犬狼名正言順地當上「天字第一號」後，也不時遣人來訪，明是噓寒問暖，暗是監視行動，氣得老皮大罵他叛賊，一氣之下竟然心神恍惚起來，才會被關入牢籠之中。

阿忠一聽完犬狼竟然如此惡劣地對待自己的師父，不禁咬牙切齒，也將自己遭受他荼毒的事情略說一遍，並將實力不足與犬狼抗衡而發愁數日之事也說了出來。

「其實，阿忠小兄弟。」老皮淺談個人體驗：「在我年輕的時候，也一直以為武力及謀略才是最重要的，但是年紀大了，卻有完全不同的看法，因為武力及謀略只能逞一時之勇，卻無法長久，終有山窮水盡之時，試想武力再強，年紀一大，就強不起來了；又譬如謀略再高，如果不能以德服人，也只能算奸謀而已。所以人生最重要的，也就是面對任何強敵的致勝武器，是『智慧』及『勇氣』，兩者缺一不可，相輔相成，唯有智勇雙全，再加上一顆仁善的心，就可以『仁者無敵』了！」

「仁者無敵？」阿忠重複老皮的話。

「對，仁者無敵，依老傢伙多年來的眼光看來，阿忠小兄弟你智慧頗高，心地又善良，目前你唯一欠缺的就是『無懼的勇氣』，只要你能體會出『勇氣』這兩個字的真正含義，那未來即使面對任何強敵，都將獲得最後的勝利，犬狼也不例外，老皮言盡於此，其他只有靠你自己領悟了！」

老皮一說完，就走向籠子裡面，不再理會阿忠，倒頭便睡！阿忠也不好意思再打擾，於是向老皮深深一鞠躬告辭，只聽老皮在遠處接道：「阿忠小兄弟，你要不嫌我這老傢伙煩人，以後隨時歡迎你來找我。」說完，不再出聲，阿忠才緩緩離開這已經被世人遺忘的「退休居」。

過了不久，夜狼及小琪的喜訊傳來，夜狼在長期的愛情長跑後，終於贏得美人心，當然，要不是他受到阿忠人格的感召，原本那種高傲自負的個性，是打動不了小琪的，所以夜狼十分感謝阿忠。阿忠現在已經視小琪為視妹妹，因此包括整個訓練所、大姐頭等弟兄及阿忠所帶來的手下等等，都為小琪及夜狼致上最深的祝福。

六、魔犬大帝

犬狼的行蹤，是阿忠的無形枷鎖，也是彼此命運間的相互繫絆。

但是不知道為什麼，或發生什麼事，所有指向犬狼的情報網竟然都全部消息中斷，近月來犬狼就好像從空氣中消失一樣，令所有情報人員如蟻穴中的螞蟻，四處亂竄，都徒勞無功。而最掛意的，當然是訓練所，特別是視犬狼有不共戴天之仇的阿忠。

不久又突然回傳一小道消息，經輾轉查證屬實，原來犬狼已經從台灣北部基隆附近，一個小漁港叫「八斗子」的地方，偷渡出境，目的地是日本在中國大陸東北方的佔領地——「滿州國」。

當然，全台最大的犬類情報中心網指揮總部，就是位在台中州地區的「警犬訓練所」，也接獲線報，知道犬狼已經偷渡前往滿州國，立刻將資訊呈報上級，上級似乎因為某種原因而特別緊張及顧忌，立即下達「最速件」緊急祕密公文，要調派阿忠及夜狼

等十隻台灣最優秀的警犬前赴滿州國，主要任務（對外宣稱），是幫忙協助當地治安及進行文化戰技交流，附帶祕密任務（不對外宣稱），是活捉叛逃的犬狼歸案。

眾犬從台中港區搭乘日本軍艦前往滿州國。

這是阿忠第一次搭船，心裡既緊張又興奮，情緒隨著海浪起伏不定，但是只要一想到對手犬狼還在遙遠的一端逍遙法外，阿忠內心頓時平復下來，命運的對決，或許就在前方。

大型軍艦在茫茫大海上乘風破浪，一路順遂，終於抵達目的地。等到船順利停靠滿州國碼頭，阿忠等陸續走下這艘航行接近一星期的軍艦。

腳下踏著平實的地面，身體卻依舊停留在巔岌的海面上，搖搖晃晃地，倒好像喝醉酒似的，反而靜止的周遭動了起來，大伙兒互視彼此窘態，都哈哈大笑，一掃漫長而且無聊的航行氣氛。

阿忠等畢竟都是訓練有素的犬類，一下子就適應環境了，看見前方不遠的地方有人向他們揮手，還有一隊犬族儀隊列隊歡迎，心情不覺興奮起來，於是朝他們走去。

接近一看，原來歡迎儀隊有左右兩隊，他們被安排走左側，那右側又是在等誰呢？不自覺中，大伙兒不約而同地轉頭往後一看，不禁讓眼前的景致愣呆了。

就在軍港的碼頭，又有一艘大型戰艦停泊，而從戰艦上走下來的犬族，乍見之下竟然清一色，彷若孿生兄弟一樣，共十隻，論體型、毛色，講眼神、氣質，竟然都是一個樣，彷彿來自天外的神仙般靈犬，完美無瑕，令來自台灣最優秀的十犬，倒有相形見絀的強烈對比感覺，他們到底是誰？

這也難怪阿忠等訝異地愣呆良久，就是一般人類見到他們，也會嚇呆住，因為他們這一群來自日本本土的犬類，正是集日本數十年來最高生物科技及最優秀研究人員，歷經千辛萬苦培育出來的，號稱當代世界第一品種——「神犬」。

兩路人馬一路由「聯合軍警部」護送到直屬最高犬類研究所——「滿州軍警犬部研究所」。

這是一處佔地數十甲的超大型訓練及研究中心，昔日為中國清朝末代皇帝溥儀的東北狩獵休息區，四處風光秀麗，房舍建築高雅華美，雖然地處僻壤，仍舊有帝王般尊貴的排場，令進駐後的日本人大為讚嘆，因為這裡只是中國皇帝想到才會來，而且有時候數年才會聖臨一次的所謂「行宮」，都如此窮奢極侈，那其他比較繁榮的地區呢？在由此類推的心理影響下，難怪日本人圖謀中國如此急迫！

阿忠等就好像「劉姥姥進大觀園」一樣，彷彿鄉巴佬走進大都會，還來不及細賞精緻風光美景，就被帶去會見此行來滿州國的第一，也就是最高指揮官，滿州軍警犬部研究所的所長兼負責人，日本當代犬類遺傳學權威——「吉田岡次」博士。

吉田博士是一位身材矮胖，滿臉鬍鬚又不修邊幅的怪怪博士，但是學識涵養卻是一等一，真是驗證了一句「人不可貌相」的名言。他的主張「生命・科學」，風靡全世界，意思是科學雖然可以為人類帶來極大幸福，但是生命無價，應該永遠擺在第一位，所以屬於人道關懷主義者。

吉田博士接見來自台灣及日本共二十隻犬類，並加入原研究中心的八十隻最優秀犬類，共一百犬，立刻組成「神光特攻隊」，代號「獵狼專案」，由吉田博士本人當總指揮，目標第一號大敵犬狼及所屬狼群狗黨。

本次行動任務有二：第一，是阻止犬狼回到老巢重掌政權，以犬狼的才幹，為狼族振衰起蔽易如反掌；第二，是如果來不及阻止，則立刻進行剿滅，以瓦解他的背後狼群靠山，再活捉犬狼。

任務一定，眾犬回房休息，等明天一早行動正式展開。

吉田博士於是單獨會見台灣及日本兩隊代表，「阿忠」及「犬神」，進行最後戰前會商。

吉田博士：「犬神，武藏，歡迎你們到本研究所來。這次的任務十分重要，而且極度危險，所以往後我們還有很多需要相互幫忙及配合的地方，希望你們多多協助，謝謝。」

吉田博士先做一番開場白後，犬神及阿忠都同時點頭應允，由於犬神在日本原本就屬於吉田博士下屬，因此兩位老友寒喧起來，竟然忘了重要的資料報告，你一言，我一語，同時使用「人話」交談起來，這倒出乎阿忠意料之外，原來這隻叫「犬神」的犬族，竟然也能直接與人類溝通，果然有兩下子。

但是阿忠是愈聽愈難過，倒不是他只有聽而沒有說的情況令他難過，而是他的膀胱，就彷彿是已經滿水位的水壩一樣，快要破壩而出了！

阿忠實在忍不住，趁機插嘴：「對不起，我可以先去上廁所嗎？」

吉田博士不以為意，依然興高采烈的與犬神交談，因為吉田博士是個平日沉默寡言，但是只要一碰到知己熟人，話篋子就立刻像滔滔江水一樣，沒完沒了，所以順口回道：「不用拘謹，廁所就在外面。」

阿忠一聽說，立刻如龍捲風般，火速襲捲而出，但還是得依照犬族道德規範，先找棵樹聞上一聞，再尿上一尿，就這樣一棵尿一點，足足尿了五十幾棵樹才尿完！

阿忠這才鬆了一口氣。

吉田博士等阿忠一奔出會客室，依然與犬神話家常，但是突然發覺不對，回過神來，搔了搔頭，問犬神：「你剛才有聽到武藏說話嗎？我的意思是，有聽到他說『人話』嗎？」

犬神也同時「咦」的一聲：「對呀，他是說了一句『對不起，我可以先去上廁所嗎？』，而博士回他：『不用拘謹，廁所就在外面。』好像就是這樣，但是這有什麼好奇怪的地方嗎？」

吉田博士：「犬神，你忘了你和犬狼一樣都是我培養出來的，也只有『神犬』一族與『魔犬』一族，才能與人類直接溝通，而神犬世上只有十隻，日前全在這裡；至於魔犬，也只剩下犬狼一隻，屬純狼犬類，目前正遭通緝中，除此之外，絕對沒有任何犬類能與人類直接溝通，因為這項技術全世界到目前為止，只有日本在做，而且成功了，但是你看這隻來自台灣的領隊人阿忠，一看就知道雖然有些許狼犬血緣，但是並非純狼犬，就科學角度來講，這項狼犬實驗計畫除了研究犬狼以外，已經終止很久了，就算其他的狼犬要與人類溝通的機率，也等於零，何況他又非純狼犬，這就奇怪了？」

等阿忠灌溉完五十棵大樹後，吉田博士立刻叫阿忠坐下，神情緊張地問：「武藏，我等一下問你幾個問題，希望你能夠確實回答我？」

阿忠點頭應允。

吉田博士：「你的名字叫武藏，是不是？」

阿忠：「沒錯，這是我的日本名字，但是我比較喜歡小主人小文幫我取的『阿忠』這個名字！」

吉田博士：「那好，以後我們就直接稱呼你阿忠好了。阿忠，那你什麼時候才發覺自己會說話，嗯，應該說是聽得懂人話，並且能和人類對話呢？」

阿忠先簡單介紹自己有八位兄弟姊妹的來歷，再說明只有老么的自己能聽懂人類的話，而且是全部人類的話，有時候雖然語言不同，不過意思總可以猜到。如果說到直接與人類溝通，到目前為止，吉田博士是第三位，第一位，是被他嚇壞，因而騎車撞樹的「郵差先生」；第二位，是從小教他，也是他最佳玩伴的小主人「小文」；「吉田博士」是第三位，阿忠也不清楚為什麼只能跟少數人直接溝通？

吉田博士聽完，立刻表情凝重，雙眉緊鎖，陷入一陣苦思，過了一會兒才接著說：「原來如此，不過我只能做簡單的推測。能與所有人類直接溝通無礙的，當今天下只有『犬狼』及『犬神』兩位而已，而日本科學界精心培育的十隻神犬，除犬神以外，都只能聽懂人類的話，也無法說人類的語言，這點除犬狼以外的魔犬也做得到，可惜全天下的魔犬只剩『犬狼』一隻而已，日本政府才會花下大筆經費，並動員龐大的人力與物力，想捉回犬狼，這當然是題外話，在這裡不便再說。」

犬神：「原來全天下只有我跟犬狼能直接與人類雙向溝通，那這位阿忠兄弟，既非神犬一族，也不像魔犬一族，他又怎麼能夠聽懂人類的話，更別說選擇性的與人類溝通呢？」

吉田博士：「這就是我傷透腦筋的地方！不過這腦筋還是我自己慢慢傷好了，聊了半天都忘了今天最重要的目的，既然阿忠能與我直接溝通，那事情就好辦了，我們這次獵狼行動必能更有把握。」

犬神：「對，阿忠兄弟，很高興能與你共事，以後請多多指教。」

阿忠：「哪裡，阿忠才疏學淺，經驗又大大不足，還請吉田博士、犬神兄及所有同族一同指教。」

吉田博士：「你們都太客氣了，不過我剛才講了一大堆『神犬』、『魔犬』的字眼，犬神可能只有部份了解，而阿忠當然完全沒有聽過，所以我就先解釋一下他們的由來，再由犬神簡報犬狼相關情報好了。」

犬神：「沒有問題，博士。」

吉田博士：「其實，真正說法應該是，日本早在明治維新的時候，由於打破了昔日舊有國土疆界，已經將觸角伸向全世界，因此有一批留學歐美回國的動物專家，特別是犬類專家，成立了一間大型研究室，專門研究犬類一族。」

「當時成立這間研究室有兩大動機：第一，是來自研究者原始內在動機，就是因為狗乃人類最忠實的朋友，也能幫人類做不少事，所以才鎖定『狗』類一族，而不找其他的動物，當然，最重要的關鍵是經費，所以第二的外在動機，就是由『軍、警部』專案編列特別預算，而且計畫也受到日本天皇高度重視，所以研究室可以說直屬於日本天皇之下，當然最大的目的，也就是最可怕的野心，是要狗類成為日本大和民族的一族，幫助日本奪取全世界。」

「當然，這也是後來我一再反對的『用人類最忠實可愛的動物朋友來對付人類』的主張。不過當初也因為這樣而分化成兩派主張，軍方主張培育出世界一級殺手犬『魔犬』，來幫助他們完成再造亞洲，甚至世界新文明的偉大使命，因此選擇了最接近兇殘狼性的『狼犬』為研究對象；而警方提出不同看法，主張狗族應該與人類合作，並幫助人類創造幸福的『神犬』，而不是奪權鬥爭的工具，因此採用『牧羊犬』為研究對象，旨在消除原始犬類殘忍野蠻天性，所以兩方因為意見不合，分別成立研究室，互不相讓地進行犬類進化大革命。」

「起初，軍方的『魔犬』研究佔了上風，因為為狼犬提昇原初野性比較容易，但是相對地，很快就遇上瓶頸，要控制引發出來的野性就更難了，所以反而警方的『神犬』研究後來居上，如此一來一往，從好的方面想，犬類數百年，甚至千年來的進化，在實驗室中只需要數月或數年；不過從壞的方面想，如此違反自然法則的作法，真的對嗎？」

「經過了十年的長期研究，終於雙方都有了突破性進展，也各自培養出五隻『魔犬』及『神犬』的第一代，而且都在人類能控制的範圍內，也各自做出貢獻。在相對比較下，由於日本軍國主義日漸興盛，因此這五隻『魔犬』先被用在處理重大刑案方面，表現可圈可點，繼而用在軍方侵略朝鮮半島上，也得到高度讚許，所以軍方決定加大研究經費。而相對的，『神犬』方面，只能用在協助小刑案偵防上，無法凸顯成果，不僅經費大部份被移往『魔犬』研究，後來乾脆被附屬於軍方『魔犬』研究之下，研究人員因而相繼離去，研究計畫幾乎停擺。

「由於大量人力、物力及財力的傾注，『魔犬』研究計畫終於在第五代趨於成熟，共培育出數千隻魔犬，也替軍方立下不少汗馬功勞，就在更完美的第六代計畫正要有成果的時候，不幸發生了『橫濱殺人事件』！」

「近十隻魔犬突然如發狂一樣，成群對所有會動的東西進行無情的攻擊，遇者無一倖免，軍方雖竭力辯護為個別事件，但是隨之而來的『東京殺人事件』、『朝鮮殺人事件』等等，種種跡象顯示，人類想一舉控制魔犬還言之過早，儘管當初『魔犬』計畫負責人『柳江健也博士』提出，這可能是『永久控制遺傳因子』因某些變數而縮短為五年，但是第六代已經解決這個問題，而且即將誕生有史以來最完美的『魔犬』，不過事實擺在眼前，柳江博士最後在輿論及人民的多重逼迫下，切腹自盡以示負責，『魔犬』

計畫被迫完全取消，所有魔犬全遭消滅完盡，神犬計畫也遭波及，所有相關研究計畫全部停擺，宣告終結！」

「經過十年以後，眾怒暫且平息，『軍警聯合代表處』請願政府，恢復沒有殺傷人類憂慮的『神犬研究計畫』，經高層評估指示有三：一則神犬研究原始意義，就是保護人類，幫助人類創造幸福，而成果著實沒有例外，令人滿意；二則，以前曾經投下如此龐大的心力，也是日本領先全世界的祕密研究，完全廢棄太過可惜；第三，也就是最重要的，還是日本軍國主義，已經對亞洲部份國家發動攻擊，神犬如果大量繁殖，可以幫助軍警雙方維持佔領國家的治安。因此神犬研究計畫基於上述三大理由，再度重整旗鼓，並選定長年參與犬類研究的我吉田為總召集人，繼續對神犬第六代進行研究計畫，以彌補這十年的空窗期。」

「但是研究小組雖然進步神速，卻始終有一大問題無法解決，這也是開發第六代最重要的關卡，就是『獨立作戰』問題，講中性一點的用詞，就是犬類亙古以來，完全是人類的附庸，也只能接收命令，再執行命令，一就是一，二就是二，沒有自己獨立思考判斷及行動的能力，拿比喻，就好像沒有靈魂的傀儡玩偶一樣，只能任憑主人的意志擺佈，這是科學界最大的難題，似乎也是犬類無解的宿命！」

「就在研究小組束手無策的同時，我在一次偶然之間，發現一個堆積雜物的小房間內，竟然是警方從軍方接收過來的舊檔案。我順手翻開一看，乖乖了不得，原來是十年前柳江博士窮畢生心血的研究資料，基於對十年前『魔犬研究計畫』的好奇心，我請假三個月，重新整理並加以研究，才發現就在魔犬出事的前幾天，柳江博士已經解決了魔犬及神犬的最大歷史問題，也就是彼此開發第六代的瓶頸，可惜還來不及正式發表，就被迫自殺負責。」

「這份資料令我大出意外，我馬上將這歷史性成果報告首相，首相也十分興奮，但是為求慎重起見，尤其在人民對魔犬還懷有相當敵意之下，魔犬研究只能祕密進行，也就是『只能做，不能說』；而神犬研究方面不受限制，並指示經費方面沒有問題。就在首相的保證下，我於是結合神犬及魔犬的相關研究精華，創造出完美及接近完美的第六代，魔犬方面由於比較敏感，只培養一隻，卻屬於完美級，就是『犬狼』；而完美的神犬也只有一隻，就是『犬神』，其他的九隻神犬，就是接近完美的成果。」

「這裡我補充解釋一下，所謂『完美』或『接近完美』的定義。前面已經講過，柳江博士的第六代魔犬已經為我們研究小組解決了一大瓶頸，就是獨立思考判斷及行動的難題，當然我們的第六代還不止如此，我們也完成了一次歷史性突破，就是開發出能與人類溝通的先例。所以我所謂『完美』，就是除了能獨立人類之外，也能與人類直接雙向溝通，就好像犬神及犬狼；而所謂『接近完美』，自然是指能獨立人類之外，但是只能單向與人類溝通，也就是只能聽得懂人話，卻不會講人話，一般神犬就是這樣，所以我一發覺阿忠能與部份人類溝通，也能獨立行動，才會如此訝異。」

吉田博士費了好大一番工夫，才讓阿忠及犬神對「魔犬」及「神犬」，有更深一層的認識，而吉田博士話鋒一轉，對著犬神說：「俗語說『知己知彼，百勝百戰』，你就向阿忠報告一下你與犬狼共事過的親身經歷，並讓阿忠了解一下『魔犬大帝』的由來？」

「魔犬大帝？」阿忠驚奇地反問。

「是的，這『魔犬大帝』可是大有來頭。」犬神不急不徐地回答：「這是發生在五年前的事了！」

時光，彷彿倒轉一樣，景物立刻回到五年前。

日本人當初佔領滿州的企圖，就是看上當地超級豐富的自然資源，並做為攻佔中國大陸的跳板，但是軍事行動雖然順利，開採資源的時候卻碰上一大難題，就是以凶悍、陰險出名的東北狼群出沒不定，對人畜構成極大威脅，也減緩了日本人大啖東北寶庫的野心。

當時研究中心正巧要驗收第一批的第六代魔犬及神犬的成果，魔犬只有一隻，就是犬狼，在台灣已經以最優秀的成績升上警犬訓練所的「天字第一號」；神犬當時共有九隻，在日本本土也立下輝煌記錄，正好利用這個機會，結合雙方，組成十隻一隊，號稱「十面埋伏」，再加入一些優秀的軍、警犬，共一百隻，大舉來到滿州國。

剛踏入滿州國土，還來不及進駐安排的招待所，就碰上昔日中國舊帝溥儀的第一侍衛「噶爾漢」，他所豢養的一隻號稱「中國第一強」的西藏獒犬「薩拉」，聯合當地犬族作亂，並造成當地百姓發生小規模暴亂，當然，血肉之軀的中國平民百姓，怎麼與槍炮加身的日本軍警對抗呢！

暴動很快就被平定，但是人類事件好處理，狗類世界卻難擺平，依然有餘黨在進行都市游擊戰，事件愈演愈烈，終於成為「滿州狗族叛亂事件」！

軍警雙方不是沒有能力對付這些小小的犬類，而是一來與中國及亞洲的大戰才剛開始，哪有閒情逸致陪這些小狗狗玩躲貓貓遊戲，而且他們採的是游擊戰，又不怕死，一時難以全滅；二來擔心當地百姓及犬類效法叛變，甚至禍延其他地區，產生骨牌效應，就大大不妙了！因此做成決議，立刻讓剛下戰艦的這一百隻犬類，由「十面埋伏」兵分十路，進行全面性圍剿，投降者生，違逆者死，一時全城群犬大戰開打起來。

日本人此項計畫十分成功，不到三天，全城狗族被誅者一百隻左右，投降者六百多隻，而且日本政府這一百隻犬類完全沒有傷亡，締造出一項成功的輝煌記錄，也由此可見他們平日所受的嚴格訓練終於奏效，一般未受過訓的散兵游勇哪是他們的對手。

整個平亂事件中，最值得一提的，就是那號稱「中國第一強」的西藏獒犬薩拉，果然名不虛傳，有萬夫莫敵之勇，論身型，講動作，說氣魄，足稱「中國第一」無虞，而且那種作戰到死的精神，正好符合日本武士道精神，所以被追作戰到一兵一卒，最後只剩下自己，依然不肯投降，大有項羽一代霸王般氣勢，令日本犬類刮目相看，豎起大拇指，佩服不已。

當時「十面埋伏」計畫的諸犬們不願意以多取勝，我犬神身為十犬隊長，於是推出本方代表，另九犬之一的小隊長「犬狼」出面迎敵。等犬狼應聲上陣的時候，那種眼神令西藏獒犬薩拉也不敢掉以輕心，雙方就只有來回鬥了三回合，西藏獒犬薩拉那種傲慢相不見了，立刻舉白旗投降，現場叫好聲立刻響徹雲霄，收服薩拉的消息一傳出，其他群犬紛紛表態投降，使得「十面埋伏」整個計畫不僅沒有傷亡，更在初入滿州國就立下大功一件。

我那時候內心頓然起了一個問號，這隻屬於魔犬一族的犬狼，功夫了得屬於同袍的我早就知道，但是他如何能在三招內迫使「中國第一」的犬族投降，這倒是一個大疑

問，因為如果當時由我自己單鬥薩拉，頂多平手，身上掛彩難免，而論平時實力，我與犬狼當在伯仲之間，他是真有魔力震懾住薩拉嗎？

這個答案，我在日後得到了證實，那就是狗族的原始天性「狼性」！

犬族與狼族原來就是同一個祖先，只是後來狗族選擇了與人類成為朋友；而狼族選擇了遠離人類而已。而犬狼能夠三招內降服薩拉，無疑就是在作戰中，所釋放出的那股魔犬特有且經過加強過的「狼性」，這也是神犬及一般犬類所缺乏的。

等到任務一圓滿結束以後，論功勞，當屬犬狼最大，因此我上報總指揮，也就是今天的吉田博士，應當讓犬狼當上大隊長，我當副隊長。但是吉田博士雖然贊成犬狼功勞最大，不過讓他當大隊長似乎還有所顧忌，因此責成命令，為求內部安定及指揮繼續性，依然由我當大隊長，犬狼升為副隊長，其他未加上的功勞，等總任務完成以後，再一併敘功，在徵詢犬狼後並無異議，因此我與犬狼的合作行動正式展開。

當時的北方狼族共有七大族群，號稱「北斗七星狼族」，統領整個東北方，其中又可分成三大族群：下北斗，中北斗和上北斗。

「下北斗」為「天樞」、「天璇」二族，屬草原狼族；「中北斗」為「天璣」、「天權」、「玉衡」三族，正式進入深山老林；「上北斗」為「開陽」、「搖光」二族，又是更北方狼族，分布是愈北愈兇悍，特別是「上北斗」二族，至今他們的生活方式及行蹤動態仍是個謎！

我們首先擊潰「下北斗」的天樞、天璇兩族草原狼，再正式進入東北地方的深山老林，當地稱為「窩集」的地方，目標「中北斗」三族。

所謂「窩集」，就是一大片老林及樹海，是千百年來樹木匯聚之所，人跡罕至，而且座落在深山窮谷處，環境非常險惡。

我們原訂計畫，當時是夏季末，秋天就快要開始了，等到時節一進入冬季，就不是我們能作戰的季節，因此最遲秋末務必達成任務。

由於「下北斗」的順利，激發起我們的信心，但是一進入「窩集」這種險境，加上「中北斗」三族皆採游擊戰法，且戰且走，沒有固定住所，我們的信心立刻又跌到谷底，圍剿行動首次受到阻礙。

後來我們決定採用「先分後和法」，先由我及犬狼各領一半人馬，兵分二路，我負責攻擊西方的天機族，犬狼負責收拾東方的玉衡族，如果順利達成任務，再伺機夾擊中路的天權族。

這個方法果然奏效，天璣、玉衡狼群抵擋不住攻勢，潰散四處奔逃，天權族則聞訊北徙，這時候犬狼提議乘勝追擊，一舉殲滅東北的狼群，我則考量群犬雖然士氣高昂，但是由於初入險境，為免落入敵人圈套及休養生息，立刻下令用「吠月傳息法」請示上

級。上級授意會加強後方補給，准許繼續進擊，以便盡快達成「用最短時間平定群狼之亂」的最高方針，於是群犬在稍事休息後，繼續進擊北方而去。

這次上級指示採用「最佳行軍法」，由屢建奇功的副隊長犬狼當開路先鋒，隊長我來殿後，這樣前可攻，後可守，而且沒有後顧之憂。

這種行軍法原本就是以前訓練時候的最佳方式，因為犬狼攻擊性強，我則穩定性高，雙方截長補短，可形成雙倍戰力。

但是這種方法平時陸上雖好，如今深入狼族地盤，又身處險惡地勢，深山窮林之中，無形中卻隱藏著最危險的危機，原因是犬狼血液中的不穩定因子，已經漸漸隨著這次北擊狼群的任務而慢慢沸騰起來，原始狼性何時將被引出，就決定這次任務的成敗，當然我們都在時間的強大壓力下，不得不採用這種深具危險性的行軍方式。

兩路行軍犬進入「上北斗」狼二族的地盤的時候，原本老死不相往來的開陽、搖光兩族，這時候竟然出乎意料地聯合起來，開路先鋒的犬狼立刻陷入苦戰，我們後方正要趕上救援的時候，突然又殺出程咬金，天權族突襲後路，造成我方前後軍被截為兩段，況且「上北斗」狼族個個驍勇善戰，而就在我軍後方補給又被其他流竄的狼族侵擾，無法準時到達，我驚覺全隊有遭殲滅的危機，立刻下令後撤三十里，等後援補給一到，再迅速全力反攻，解救犬狼的先鋒隊。

等後援一到，卻為時已晚，全員除了犬狼失蹤外，先鋒隊全數覆滅，英勇戰死沙場，我含淚揮別陣亡兄弟，班師回朝，「獵狼行動」只成功一半，未竟全功。

由於我們太低估了狼群的實力，也不了解他們族群間合縱連橫的關係，才在這次冒然行動中敗北，犬狼也從此音訊杳然，眾犬猜測必是戰死「上北斗」地區，一顆閃亮耀眼的星星就此殞落！

半年後，平靜一時的北方情報網突然又拉起警報，而且這次的強度更甚於以往，立刻造成人類及犬類的大恐慌。

根據消息指出，狼族記取上次被征伐的教訓，亂世中竟然出現了一位大梟雄，半年內統一了千百年來一向各自為政的東北狼群，成為狼族的真正皇帝。

「軍警部聯合代表處」再次委託犬族專家吉田博士調查，於是吉田博士再次下令由我率領十犬，組成調查團，深入東北狼族出沒地刺探消息，但是這次的任務是純粹以調查為主軸，不做生死的攻略。

我等一行原本想喬裝後暗中進行調查行動，哪知只一到昔日的「下北斗」地區，即草原狼活動的地域，立刻被識破，並受到反常的熱烈招待歡迎，基於「兩軍交鋒不斬來使」的人犬共通慣例，我們就以使者的身份前往晉見甫登帝位的狼族大帝，說不定可以捎來和平的契機。

沿路但見狼族戒備森嚴，紀律紮實，果然一改昔日窮兇惡極的散亂模樣。等到了接見我們的臨時行宮，原來是一間以前人類在這裡居住的大戶人家住宅，荒廢已久的模樣，但卻不失恢弘大度，依然氣派非凡地昂揚在東北草原上。

只見嚴整的隊伍上方，有一位背對著我們的狼王傲立其上，彷彿已經等候我們多時。等到我們一靠近，狼王轉身過來，天啊，那不是「犬狼」是誰！

犬狼：「隊長，我們又見面了，來，上座。」

犬神：「你……，這……」

犬狼：「隊長先別驚訝，等我們好酒好菜痛飲一番，再慢慢話家常。」

犬神：「是的，副隊長，哦，不對，很抱歉，應該稱呼你為狼王陛下才行。」

犬狼：「哪用得著這般客套，你我兄弟一場，就兄弟相稱好了。」

犬神：「不行，禮當如此。」

客套一番以後，犬狼才在酒席中透露，在他領軍的先鋒隊遭受意料之外的開陽、搖光兩族聯合突擊後，又聽到你們後師部隊也受到天權族截斷，他心知這次危機必死無生，不過基於武士道精神，「寧可戰死沙場，絕不輕易被俘」的信念一直支持著他，眼見兄弟們一個個接著戰死，那種心情就如同刀割一樣。

「我且戰且走，最後依然寡不敵眾，就在受傷過重，體力耗盡之時，昏倒在地，準備接受死神的召喚。」

「過了很久很久，勉強睜開雙眼，以為身在地獄，後來才知道，自己居然沒死，而且被身手不讓鬚眉的搖光公主『斷月』救了一命，她見我那種戰鬥的眼神及迸發出來的能量光輝，已經具備狼王天性，因此在『英雌惜英雄』下，救下我一條小命。」

「在我復原期間，斷月公主寸步不離地照顧我，那種光輝燦爛的狼族母性之愛，正是我們平時見不到的。昔日我，應該說是我們的印象，狼族是天性兇殘，陰險無比的傢伙，人類認知更差，但是我們都只看到了事情的一面，而且是最壞的那一面，也不願意去了解或接受他好的一面，狼族就這樣千百年來，背負著太多太多惡名了。」

「當我見識到母系社會的狼族生活，那種對小孩無私的愛，不僅是對自己的小孩，甚至其他狼族的小孩也一樣，中國的人類不是常講一句：『幼吾幼以及人之幼』嗎？狼族這點早就做到了。事後我也發覺，他們攻擊牲畜、人類，也只是為了缺乏食物，求生存而已，絕不像有些人類對其他物種的無情屠殺，理由竟然是純粹為了刺激好玩罷了。」

「經過一些時日的相處後，我的確見識到狼族光明的一面，例如他們有尊卑長幼的倫理順序，他們總是把食物先給婦幼吃，他們對所有小孩都一視同仁……等等，並逐漸發覺自己與他們除了體型略有差異外，想法及性格上幾乎相同，這大概是我身為「魔

犬」的宿命吧！」

「基於報恩，後來我娶了搖光族的斷月公主為妻，並南征北討，最後終於統一了東北狼群。」

犬狼不急不徐地交待完過往謎樣行蹤，雖然口氣和緩，好像老友間的輕鬆閒談，但是氣質風度已經不同以往，短短的六個多月，竟然能流露出尊貴的帝王般氣息，當真「士隔三日，刮目相看」。

犬狼當時開下金口，保證他統領下的新狼群，絕不會再無端侵擾人類及牲畜，不過也希望人類能定時提供他們部份食物來源，以便在狼族發生食物短缺時得以生存。

我見犬狼有「化干戈為玉帛」的高度誠意，立刻代表人類訂下契約，這就是前無古人，後無來者，空前絕後的「人狼共處和平條約」。

等調查團帶音訊回到總部的時候，一時歡汴如沸，都盛讚此行任務的成功，為日後和平共處立下一個良好的典範，而人類與狼族訂下條約，更是前所未聞，立刻傳為美談，「犬狼」之名不脛而走，不過流傳在民間的並非犬狼的真名，而是有能力統一東北狼群，而且本身又屬犬類的「魔犬大帝」！

至此，「魔犬大帝」正成為能與當今人類日本天皇、滿洲皇帝，一同分庭抗禮的新狼族君王。

新狼族雖然興旺一時，但是不幸在一場狼瘟中死傷超過大半，魔犬大帝迫不得已，只得下山求救人類。「日本軍警總部」表示願意幫助狼族渡過難關，不過條件是魔犬大帝必須暫時回復昔日犬狼身份，無條件皆受日本軍警指揮調度五年。

魔犬大帝為救子民，一口答應，重新投入日本軍警生涯，狼族疫情因而獲得控制，不過狼族勢力再度因為群龍無首而漸趨潰散，對人類威脅性大大降低。

後來聽說犬狼在服務將滿五年的時候提出申請，希望再度回到老巢東北狼區。但是軍警總部考量「縱虎容易擒虎難」，豈能輕易放虎歸山林，於是將他調回原訓練地台灣，希望他能找回昔日的自我，與日本政府合作，忘卻東北的一切，包括一時迷失的狼族記憶。

但是犬狼的思想豈是人類所能左右，於是以軍警總部毀約在先為由，刻意在台灣組成「魔犬大隊」，大倡成立「大東亞犬類共榮圈」，並四處破壞，以示抗議！

由於犬狼堅持「絕不侵犯人類生命」原則，因此軍警總部也任其撒野，不再多加拘束。

犬神詳詳細細地將自己與犬狼，亦即魔犬大帝共事過的親身經歷向阿忠報告，讓阿忠對犬狼的傳奇更加了解，內心佩服不已，心想如果不是他與犬狼有如此深仇大恨，生命中只要交上這樣的朋友，就不枉此生了。

七、狗王傳奇

由於線報證實，東北狼群有再度統一的跡象，趁他們還沒有坐大的時候，得趕緊防患未然才行。犬神、阿忠受命各率原隊十隻犬類，再加派三十隻支援，共五十隻浩大的調查團，深入充滿神祕的昔日滿州禁地。

眾犬剛踏入「下北斗」的時候，突然見到樹林中的前方唯一道路，竟然有一犬背對著他們站立，彷彿刻意在等候他們似的。

犬神一見到這個背影，發覺好熟悉好熟悉，心下突然一沉，立刻警戒群犬進入「一級戰備」。

眾犬詫異，怎樣總領隊犬神只見到一隻攔路犬的背影，就好像見到千軍萬馬橫在面前一樣，如臨大敵！但是命令總是命令，全員立刻變化成戰鬥隊形，靜待下一步指示。

只見前面那隻犬類緩緩轉過身體，沒錯，他就是曾經在東北呼風喚雨、叱吒風雲一時的「魔犬大帝」——「犬狼」！

「老長官，我們兄弟倆許久未見，雖然熱情擁抱太過肉麻，但是迎賓之道也用不著這樣大場面吧！」犬狼文質彬彬地微笑。

犬神一見對手只有二犬護駕，也不見其他埋伏跡象，下令換回平時隊形，也笑著回答：「對不起，為了全體隊員的安全，若有不敬之處，請見諒。」

「好說，好說，老長官還是一點兒沒變，總是把弟兄們的生命看得比自己還重，哈！哈！」

在犬狼表達沒有敵意，自己也是聽到東北狼群有恢復跡象，才專程偷渡趕回來了解狀況下，一時緊張氣氛逐漸紓解，老友相見，自然一番長談。

由於犬狼的出現，總是維持適度警戒的，是「犬神」，這也是他的職責所在，而非疑心病重；最高興的，是「夜狼」，整天纏住小時候的師父，問長問短，師徒如好友；最矛盾的，莫過於「阿忠」，自己日夜思念的敵人就在眼前，是該趨前了結一切恩怨，還是等任務完成以後，再找他算總帳，為此內心糾結在一起，反而令他坐立難安，尤其受不了結拜兄弟夜狼老是師父長，師父短地拉他去見犬狼，犬狼又總是落落大方地與他們話家常，他是真不知，還是在裝蒜，阿忠內心矛盾不已。

面對仇人，阿忠應該是咬牙切齒，至少自己今天的「成果」，而不能說是「成就」，就是拜犬狼所賜，每天阿忠對著自己說，「君子報仇三年不晚」，日日的臥薪嘗

膽，就等這一天的來臨，哪知自己今天一面對犬狼，卻對他有種奇怪的感覺，恨意莫名地消失了大半，為什麼？是犬狼有特殊的魔力，還是從小缺乏父愛的阿忠，將那股親情之愛投射在犬狼身上，而轉入自己的潛意識中呢？尤其犬狼隻字不提過往，再看自己最鍾愛的弟子夜狼時，是一種師徒之情，但是看阿忠的，卻是慈愛的關懷之情，就像親情一樣，阿忠最怕這種眼神，以後總是推託自己有事，夜狼知道他倆心中有隔閡，也不再強迫，如此幾度翻山越嶺，愈來愈深入密林區，一顆似乎被人間遺忘的明珠，就鑲在東北的深山老林裡，正式進入「中北斗」地區了。

而阿忠內心終於下定決心，本於「公歸公，私歸私」的處事原則起見，等任務一結束，再找犬狼一決高下，以報前仇。有如此想法，阿忠心情立刻釋然，也放下了多日來懸在心上的大糾結。

突然有線報指出，假魔犬大帝正在離他們西北方數十里的地方落腳。犬狼一聽說有人假冒他，於是向犬神表明自己要先行前往調查，並邀請犬神這位老長官，是否有興趣陪他一同前往，以示清白。

犬神心想「不入虎穴，焉得虎子」，就相信犬狼這一次吧！因此自己親率二犬，阿忠也自告奮勇前往，夜狼也是，所以也由阿忠率領包括夜狼在內的二犬，共六犬組成臨時調查團，大隊暫時由他的部下神犬一族擔任總指揮，以「急行軍」方式尾隨在後。

一行有犬狼三犬，犬神及阿忠六犬，共九犬，以飛快的速度朝假魔犬大帝的陣營前進，想一探這膽大包天的假魔犬大帝，他的廬山真面目究竟是誰？

一路又是翻山越嶺，在前頭領隊的犬狼盡挑些險嶺歧路走，雖然是為了把握時間趕路，而且假魔犬大帝為避他人耳目，也可能以深山窮谷為紮營地，可是按道理上來講，他正在招兵買馬，這樣又怎麼招得良兵，買得到好馬呢？謹慎的犬神有些擔心。

而阿忠呢？老早就在提防狡猾如狐的犬狼搞花樣，玩把戲，才會自告奮勇先行調查，一路上小心翼翼地尾隨在後。

而山是愈來愈陡峭，路是愈來愈崎嶇，阿忠只聽到遠方似乎有流水聲，大伙兒才一轉過一處大彎道，立刻都潛入樹叢裡，原來前面不遠的地方，有一小處空曠場所，果然有一隻身形魁梧的狼犬高坐中台，四周有數隻狼族及犬類護駕在兩旁，一付君臨天下的氣派。

但是仔細觀察這位假魔犬大帝的老兄，除了身材雄偉以外，眼神卻呆滯異常，似乎也看不出會有什麼驚人的本領，正疑惑間，猝然犬狼縱身跳出樹叢，直接走入廣場，眾犬以為犬狼已經按耐不住，要興師問罪，並且大開殺戒了，也不再求掩護，都走了出來，心想對方人數也不多，掌控全局應該沒有問題。

哪知那位假魔犬大帝不僅沒有大喝犬狼來者何人，或者有何指教，竟然當著眾犬的面走下帝位，「噗通」一聲，四膝跪地，朝犬狼以「大禮拜」的晉見禮儀參見，口中直喊：「大帝回來了，我們有希望了，大帝萬歲萬歲萬萬歲！」

一時所有原假魔犬大帝手下也都跪了下來，口中都高喊：「大帝萬歲萬歲萬萬歲」的口號，犬狼愣住了，大伙兒也都愣住了！

此時只聽一隻老犬「嘿嘿」地冷笑幾聲，緩緩地從後面走了出來，也四膝「噗通」跪下，恭恭敬敬地朝犬狼參拜道：「大帝別來無恙，老臣思念不已！」

「原來你這老傢伙還沒死，想必這齣戲是你刻意安排的？」犬狼用開玩笑的語氣說。

「老臣要非如此做，大帝怎麼會迅速現身回營，大業又怎麼能早日完成呢？」老狼用懇切的語氣表明立場：「如果有任何得罪大帝的地方，老臣願意用性命祈求大帝的原諒。」

說完，立刻用力朝堅硬的地面大叩其頭，犬狼一見他竟然想自殘謝罪，趕緊上前一把扶起：「你何必這樣呢！我又沒有怪罪你的意思。」

老狼活了這麼大把年紀，竟然一把鼻涕，一把眼淚地回道：「多謝大帝不罰之恩。」

「你還是老樣子，不達到目的是絕對不會罷休的，是不是？」犬狼開玩笑地說。

「嘿！嘿！還是大帝了解老臣。」老狼破啼為笑：「老臣甘冒纂位惡名及身家性命安危，只要還有一口氣存在，也要輔位大帝完成千秋霸業。」

原來這隻老狼名叫「喀拉斯」，竟然是在發生「魔犬殺人事件」後，逃過人類誅殺，唯一倖存的第五代魔犬，由於他已經具備了某種程度的思考能力，因此讓他能夠成功地隱藏身份，委身在當時日本首相「田中義一」的府邸中，當一名貼身護衛，並且在耳濡目染之下，接受了日本軍國主義的觀念，如歷史上有名的「田中奏摺」，就是當時首相田中義一上書「昭和天皇」的奏摺，也是首相在府邸擬稿的，而擔任護衛的他，當時就在首相身邊，親身經歷了這件歷史大事件！

其上面內容大致如下：「……欲征服全世界，必先征服支那（中國大陸），欲征服支那，必先征服滿州。」這個理念一直迴盪在他的腦海內，果不其然，日本軍國主義愈演愈烈，終於攻下滿州國，成為日本天皇的附屬國，這種舉動更加強了他的信念，並讓他重新思考犬族在人類心目中的地位，以及未來的發展方向。

身為僅存的魔犬第五代，老狼喀拉斯有著精明的頭腦和幹練的作為，在了解日本人急欲建立的「世界新秩序」及「大東亞共榮圈」的內涵後，也深信不疑，也想建立犬族歡樂新世界，於是到滿州國展開學習之旅，順便深思未來實際做法及開始覓尋人才，共行大計。

很幸運地，至少對他而言，表現令人刮目相看的犬狼適時出現，打聽之下，竟然是全世界唯一比自己更進化，更完美的魔犬第六代，而且在他暗中觀察下，訝異犬狼不僅集合了前五代的所有魔犬優點，如可見的戰鬥力、耐力、敏捷度等等以外，又加上了第六代新創的獨立思考能力及直接與人類溝通的本領，明顯已經跳脫人類附庸的角色，有著自主的性格。

但是這些還吸引不了老狼喀拉斯的目光，因為神犬一族同樣具備這些能力，那什麼理由令老狼喀拉斯願意花一輩子時間，甚至自己最寶貴的生命來輔佐犬狼呢？理由很簡單，就是犬狼那種無與倫比的天生領袖氣質及高傲難馴的天大野心。

一路跟隨犬狼行跡，老狼喀拉斯更加篤定自己的理想有實踐的一天，老天安排犬狼降世，一定就是要來幫助他的，這位「來自上帝的使者」犬狼，緊緊扣住老狼喀拉斯的心魂，分秒無法釋懷。

等到犬狼北伐「上北斗」狼區失敗的時候，正巧為另一位在戰鬥中激賞犬狼的搖光族公主斷月所救，老狼喀拉斯見斷月公主十分心儀犬狼，認為時機成熟，應該是他現身的時候，所以暗中拜會犬狼，老少兩隻魔犬一相遇，立刻猶如久未重逢的知己相會一樣，老狼喀拉斯趁機有技巧的闡述理念，令犬狼耳目一新，潛藏內心，希望有所作為的欲念立刻如狂濤般激盪起來，一時天雷鉤動地火，一發不可收拾。

老狼喀拉斯向犬狼表明他獨創的「帝業三部曲」：首部曲，是設法先統一東北狼群，再藉機有計畫地搔擾滿州國，迫使日本政府正視他們的存在；第二部曲，是在所有日本佔領地進行「徹底毀滅運動」，不摧毀既有的腐化舊社會，是沒有辦法建立幸福美滿的新社會；第三部曲，也是最後最重要的一部曲，就是以累積過後這些優厚的籌碼，與日本政府正式談判，實現與日本人攜手合作，一起統治新亞洲，甚至新世界的神聖使命。

「為了犬類未來的尊嚴及進化，」老狼喀拉斯誠懇地向犬狼解釋道：「這場先徹底破壞，再重建新秩序的神聖任務，希望我們倆能攜手合作，共同完成這『創世紀』的神聖使命！」

「好！」犬狼篤定地一口答應：「既然有前輩願意委屈身段，輔佐犬狼我，我必當全力以赴，不違前輩期許，共同完成這千古大使命。」

老狼喀拉斯見犬狼已經被自己說服，於是繼續獻策。首先，由於他觀察到斷月公主十分鍾情犬狼，犬狼可趁機擄獲美人心，先攀上狼族這條關係線，作為未來統一東北狼區的基礎。

其次，設法壯大搖光族。搖光族在東北狼群中屬於最兇悍、最擅戰的族群，一經壯大，應該可以所向披靡，聞風請降，統一大業指日可待。

一位天生領導者，加上一位權謀野心家，這樣完美的組合，氣焰立刻快速漫燒整個東北狼區，經過近半年的征戰，犬狼正式坐上狼王寶座，成為「魔犬大帝」。

「狼瘟雖然延緩了我的計畫，但是這只是抬面上的中輟，抬面下的佈局從未中止。」老狼喀拉斯解釋道：「例如正當大帝協助人類四處征戰的同時，在滿州國、日本本土、台灣、東南亞，甚至近臨的中國大陸，都有我們的地下組織成立，而且暗中在緩慢成長，只等大帝一回來重掌政權，就是『帝業三部曲』的第二部曲的開端。」

「然而我們的計畫在兩處有了小絆腳石，就是這位犬神兄弟的日本本土及阿忠小兄弟的台灣地區，今天我設下圈套，一來召回我們敬愛的大帝，重掌政權；二來引入你們（指犬神及阿忠）這兩尾大魚入網。如果你們願意加入我們，共創犬類美好未來新世紀的神聖行動，我們竭誠歡迎加入；倘若拒絕，嘿！嘿！不智的抉擇，只會帶來毀滅的命運，我給你們五分鐘考慮。」

不知何時，犬神及阿忠身旁已經圍了好幾層狼族勇士，個個面目猙獰地張牙舞爪，甚是恐怖。

「我願意歸降師父。」夜狼出乎意料之外地快速回應：「我們犬類的確當太久太久人類的附庸了，他們愛我們的時候，甜言蜜語，讓我們吃最好的食物，住最舒適的房子；等到不喜歡我們的時候，竟然狠心地一腳踢開，也不管我們的死活，讓我們成為三餐不繼，四處被其他人類，甚至狗族欺負的可憐蟲，我看過太多這類悲慘的遭遇了，你們大家也醒醒吧！加入師父行列準沒錯！」

「阿忠大哥，你也加入我們吧！」夜狼回頭轉向阿忠，殷切企盼阿忠也能同他一路，哪知阿忠一臉嚴肅表情以對。

「別把話說得那麼好聽！」阿忠駁斥回道：「在台灣，魔犬大隊橫行的結果，只有帶來無情的殺戮，造成多少的家破人亡，有多少孩子沒了父母，有多少父母死去子女，就像我，也因而失去了最要好的朋友們，你們把未來說得好像人間天堂，卻為現實世界帶來人間煉獄，只有鬼才相信你們那套包裹美麗糖衣的謊言，夜狼，你醒醒吧！他們的陰謀，說穿了，還不是如同日本軍國主義一樣，以創造世界新秩序為由，行自己獨裁霸業之實！」

阿忠義正嚴辭的一席話，講得犬神等同行頻頻點頭，也讓夜狼似乎有回心轉意的跡象！

「愚蠢！」老狼喀拉斯立刻回斥道：「沒有徹底的破壞，去除所有根深柢固的舊有腐敗社會，怎麼會有重生的新世界呢？就好像一處雜草叢生的地方，沒有放一把火徹底加以清除，又怎麼能種出產量豐碩的稻米呢？況且現在的破壞只為將來的建設鋪路，沒有革命又哪有生機呢？」

「少拿未來美麗的景象憧憬我們。」阿忠再度反駁：「一條將死的魚，你告訴他等一下，將引來大海的大水救援他，可行嗎？破壞只會帶來仇恨，未來即使如你們所願，成就了帝國大業，與人類平起平坐，但是建設也必是摻雜了仇恨及壓迫，只要是專制政權，一心想毀滅及佔領別人的政權，只會帶給人民另一場傷害而已，我實在看不出有何美麗未來可言，坦白講，還不是擴張高層的權力罷了，痛苦及不幸的永遠是百姓，不是嗎？」

「話不投機半句多！」老狼喀拉斯略動肝火：「我這偉大使命豈是你這毛頭小子能夠了解，我也不想再做多餘的無謂爭辯，考慮時間到！願意投入我們新秩序運動的，請走過來。」

夜狼剛才已經走到一半，回頭望著心意堅定的阿忠，知道他不是別人三言兩語可以說服的，但是一想到自己從小最崇拜的師父，他做的事一定沒錯，於是以抱歉的眼神回向阿忠這位最要好朋友，正式踏入犬狼的麾下。

老狼喀拉斯見夜狼歸降，又是犬狼昔日最得意的弟子，十分高興，己方又增添了一位生力軍，於是下達最高命令：「其餘不願意歸降，又渺視我們大業的，兄弟們，別讓他們活著離開這裡。」

號令一出，四方狼族立刻蠢動，犬狼突然人聲開口道：「不要殺死阿忠，我的意思是，對他，我要捉活的！」老狼喀拉斯知道犬狼與阿忠間似乎有仇，也特別交待下去，要活捉阿忠。

其實阿忠除了在反駁老狼喀拉斯的美麗謊言外，真正用意是施延時間，邊抬擯的時候，也對犬神做出只有他們才看得懂的祕密手語暗號，意思是西南方十里遠好像有流水聲，可能是活命的唯一機會。

犬神同時也立刻評估敵我情勢，即使想全身而退，除了靠最佳有效的策略外，運氣是決定性關鍵，萬一阿忠判斷錯誤，今日就必死無疑，東北狼區將成為他們的葬身之地。

不過「死馬只得當活馬醫」，這是僅剩的唯一生路，所謂「強龍不壓地頭蛇」，敵眾我寡，與之硬幹只有死路一條，於是也以手勢傳給所有隊員，採「聲東避西法」撤離。

所謂「聲東避西法」，是戰略上「聲東擊西法」的變種，差別在於前者是撤退之計，而後者是進攻之法，所以前者的最大效果，在於製造逃命或撤退的反方向危機，讓包圍的主力集中該處，進而達成撤離效果。

果然，犬神逮住機會，立刻朝撤離的反方向東北方高聲喊叫：「兄弟們，你們終於來了，快，我們在這裡！」眾犬會意，立即朝東北方迅速集結而去。

老狼喀拉斯軍權還暫時在握，見敵方後援已經到達，不敢怠慢，立即下令鎮守西南方的狼群採取反包圍，由後方火速繞到前方，平行圍住犬神等以防逃脫，而原本鎮守東北方的，則全數往前截住犬神與後援部隊的聚集，讓犬神及阿忠等插翅難飛。

犬神等虛跑數百公尺，見對方中計，立刻下令回攻此刻戰力最薄弱的西南方，等老狼喀拉斯大叫不妙之時，眾犬已經奔離現場，躲入樹海之中！

老狼喀拉斯咬牙切齒，口中大叫：「給我追！」內心卻想著：「犬神、阿忠，你們果然有兩下子，並非浪得虛名，今日要是不除，將來必定是無窮禍患！」於是又補上一句：「除阿忠活逮外，其餘格殺勿論！」

犬神之計奏效，由於眾人皆受過嚴格的特別訓練，因此耐力十分良好，火速跑了數十公里路，果然水聲逐漸逼近，犬神也心中暗暗佩服阿忠，竟然連這麼小的細節都留意到，殊不知阿忠自從踏入東北狼區以後，也就是犬狼的大本營的時候，就格外小心謹慎，因為他了解，或許復仇之路就在眼前。

眾犬朝水聲處跑來，原來是一處大斷崖，明媚的風光中，一條瀑布直瀉而下，猶如一條潔白無瑕的白色絲巾從天而降，美麗極了！

眾犬沒有心神細細賞玩，犬神道：「阿忠，這裡斷崖的落差不算太大，咱們一起藉水遁逃生吧！」卻見阿忠竟然搖了搖頭！

「為什麼？」

「你們先撤退吧！我跟犬狼還有一筆帳還沒算，不過我不會輕舉妄動的，我留下來的最大目的，就是為了我的乾妹妹小琪，夜狼被他的師父犬狼用謊言迷惑住了，我有責任及義務勸他回頭；二方面大家說『最危險的地方就是最安全的地方』，我也可以順便對一向神祕的狼群有更深的了解，以做為日後對決的參考！」

犬神見阿忠心意已決，也不想強人所難，於是叫阿忠自己要特別小心安危，一有危險，絕對不要逞強，留得青山在，不怕沒柴燒：「那你要多加珍重，我們先走了！」犬神再次情深義重地叮嚀阿忠。

群犬除了阿忠以外，同時一躍而下，跳入百尺深潭，藉水遁撤離險境。

阿忠也迅速找到一處隱身處潛藏裡面，看到群狼追兵已經趕到，發覺眾犬跳下水中逃脫無誤，立刻回報老狼喀拉斯及魔犬大帝犬狼。

阿忠晝伏夜出，又過了一個星期，由於對四周環境的逐漸熟悉，也漸漸大膽起來，白天也能夠自由出入，因為誰會料想到，亡命的犬神一隊，逃命都來不及了，竟然還敢留在險地，這個龍潭虎穴中呢！

阿忠看到號稱「魔犬大帝」的犬狼，果然有一套，營地四周防衛森嚴，想混進去幾乎不可能，於是心生一計，想見到夜郎，只有冒險一試了，就在探聽到夜狼的值勤時刻

以後，還在一個黃昏的時候，太陽逐漸西沉，阿忠故意朝某一小組的巡邏隊攻擊，也故意失手被逮，以便誘來夜狼。

夜狼一聽回報，說捉到一位奸細，立刻趕來處理，近身一看，竟然是他的拜把兄弟阿忠，立刻斥退左右，親自審訊！

「夜狼，你遠方的妻子小琪，還在天天思念著你，你快醒醒吧！快快跟我回去！」阿忠誠懇地動之以情。

「小琪！」夜狼心防似乎也有鬆動：「我對不起妳，希望妳能原諒我。」

「你不用求小琪原諒，快跟我回去，我知道你只是暫時被師父的甜言蜜語沖昏了頭，等到回去以後，這裡所發生的事，我對小琪妹妹絕對隻字不提，好不好？」阿忠對夜狼曉以大義。

「大哥，我的事你不用管！」夜狼又開始封閉自己：「請你回去跟小琪講，是我辜負了她！追隨師父大江南北四處闖盪，原本就是我一生的夢想，說什麼我也不會跟你回去的，你走吧！」

阿忠見夜狼心意已決，再勸無益，除了替小琪妹妹感到悲傷以外，也為這位拜把兄弟惋惜，更為犬狼等，活生生拆散一對鴛鴦美眷，感到不能諒解，氣憤地回頭轉身就走！

「等一下！」夜狼似乎有哀求的語氣，阿忠一聽還有轉圜機會，立刻停下步伐。

「怎麼樣，你想通了，要跟我回去嗎？」

「不，我只在想，………，東北狼區，魔犬大帝的地盤所在地，豈能讓你來去自如！」

「哦！」阿忠見夜狼中毒已深，不僅無法挽回，還要為難他，不禁好笑：「那你想怎樣，我奉陪到底！」

「多解釋無益！」夜狼立刻露出猙獰面孔。

阿忠見狀，立刻也進入戰鬥狀態，心想今日兄弟反目成仇，犬狼啊犬狼，都是你害的！

夜狼立刻作出攻擊模樣，並高聲咆哮數聲，卻沒有攻過來，阿忠正在狐疑，只見夜狼突然右臂用力一揮，左臂立刻血流如注！

阿忠見夜狼竟然自戕，立刻不顧可能中計的危險，奔了過去，扶著受傷的夜狼，說道：「你這是何苦呢？」

「你我兄弟一場，我知道你是為我留下來的，這也是我送你離開唯一的禮物！」

原來夜狼有意放走阿忠，但是又擔心上頭追究及追殺，才出此下策，又說：「大哥，如果你還認我這位兄弟的話，趕快走，並幫我暫時照顧小琪，請轉告她，『男兒志

在四方』，我沒有把握什麼時候才能回去，如果她有別的合適對象，也請她改嫁，不用等我！」夜狼說完，將頭狠心用力一甩，其實他並不是要拒阿忠於千里之外，而是不願意他看到自己眼眶中閃動的淚光。

「你中毒太深了！」阿忠邊搖頭邊說：「我阿忠對天發誓，我要親手徹底剷除東北魔犬勢力，總有一天，我會讓你回頭的！」

阿忠說完，立刻轉身消失在茫茫一片的樹海間！

「大哥，你不會了解的。」夜狼喃喃自語：「該是犬族覺醒的時候了……。」

阿忠迅速轉過一個大轉彎，跳入一棵大樹叢裡，確認身後沒有追兵，才鬆了一口氣，緩緩地走了出來，抬頭看天，只見一輪火紅的太陽逐漸要消失在地平線上。四周茂密的樹林裡，葉子已經轉換成各種顏色，從空中鳥瞰像極了一塊彩色的大拼布，是大自然嫵媚動人的地方；然而美麗的外表下，也潛藏許多恐怖的陷阱，等待粗心的人命喪於此！

夕陽在森子裡留下婀娜的倩影，如此美景當頭，若是平時，一定會佇足良久，但是今天是特別的日子，逃命的時候無暇細品，剛抬腳要走，眼角的餘光竟然瞥到另一處，就在原來他與夜狼對談的那一邊，有一處處在背光面的高丘上，出現了一條熟悉的黑影，這身影就算化成灰他都認得，沒錯，對他現在一舉一動全部映入眼簾的，就是他日思夜念的大仇敵——「犬狼」，東北狼區的第一把交椅。

阿忠一見「魔犬大帝」犬狼竟然出現在眼前不遠處，嚇了一大跳，心想夜狼自戕放走自己這一幕，犬狼一定全部看在眼裡，不過還好夜狼是犬狼最鍾愛的弟子，一定不會為難於他，心念至此，才發覺自己依然身在險境，為了履行自己剛才的誓言，為了剿滅東北狼區的惡勢力，現在最重要的事，就是要先保住性命要緊，活著才有明天，才有希望，於是拔腿就跑！

一路上阿忠屢屢回頭，發現並無追兵趕來，竟然一路從陸路回到研究中心，令他大感意外及不解，是犬狼故意放走他，以待來日才有機會再將他們一網成擒；還是因為夜狼的求情，讓犬狼顧及師徒之情及與阿忠二人的兄弟之義；還是只為了向他們炫耀魔犬大帝的威風，讓阿忠回去傳這雍容大度的訊息，隨時歡迎他們的加入；還是……？

阿忠邊逃命邊想，立刻疑雲大起，從自小就能與人類溝通，到母親的遺物——「領巾」，再到犬狼從未為難過自己，為什麼？

阿忠愈想頭愈大，索性不想了，回來以後，立刻去見吉田博士，順便報告這些日子以來的情況，但是對於犬狼刻意放走他一事隻字未提！而犬狼在夕陽餘暉下，站在高丘上睥睨天下的那種雄姿，是高興嗎？因為站在高丘上——「威風八面」；還是憂傷？因為處在夕陽下——「感慨萬千」！著實令阿忠又愛又恨，恨是理所當然，愛又從何而

生？阿忠茫然，但是美麗而淒涼的影像，卻一再重現腦海之中……。

吉田博士看見阿忠無恙歸來，十分高興，先為阿忠接風洗塵，讓他好好休養一晚不提。

隔天，吉田博士召集犬神及阿忠一同前來商量有關日後除狼大計。

犬神認為，因為東北林區範圍實在太大，己方又了解甚少，為免勞師動眾及休養生息，主張先用圍堵政策，以後再跟犬狼以談判方式和平共處。

阿忠則持以不同的看法，主張因為東北狼群及狗黨勢力日漸強大，不趁早及時消滅，日後等到他們坐大以後，予取予求勢所難免，而且顯然犬狼的背後目的是全亞洲或全世界，而非單純的小小東北狼區，一日不除，日後可能造成無法彌補的世界性大災難。

吉田博士聽雙方說法都有道理，於是持中庸看法，做出裁決，平時加強戰備，來日伺機而動。

過了不久，線報數次回投，說老狼喀拉斯終因年邁，又操勞過度，終於抵不過大自然法則而病故身亡，犬狼頓失軍師。

消息經過證實無誤，吉田博士認為有機可趁，雖然可能有陷阱存在，但是仍然值得一試，於是再度下達剿滅命令，犬神及阿忠等再度銜命遠赴征途。

眾犬一到現場，果然見到老狼喀拉斯已經身亡，正準備用狼族傳統死亡儀式祭奠，就是四足跪地，向前拖地前行以示悼念之意，現場一片哀戚肅穆。

犬神及阿忠立刻召開戰前會議，結論是犬狼必定設有陷阱，但是可以將計就計，根據阿忠前些日子觀察狼群的結論，就是狼族較狗族「死腦筋」，這點可以加以利用。

於是找來兩犬，各扮成犬神及阿忠模樣，分兩路誘離狼群，剩下保護犬狼身旁的狗黨，威脅性就不大了，主力再全力加以攻擊，主帥遇襲，即使回師的狼族也必定大亂，並且自動瓦解。

果如他們所料，兩小隊攻入敵陣立刻中了埋伏，群狼蜂擁而出，假阿忠走西南，假犬神逃西北，群狼立即一分為二，死命追了過去。

犬狼站在高處觀戰，識破犬神們的計謀後，大叫不妙，立刻傳音回防，但是由於阿忠已經摸透了狼性，他發覺狼族有兩大特色：第一，是記憶好，見過一次的敵人，終身難忘，上次他們見過犬神及阿忠，所以記憶深刻；第二，往好的方面想，是耐性好，但是往壞的方面想，是死腦筋，就是獵物一經鎖定，至死方休，再加上犬狼回位不久，群狼在調度這方面明顯訓練不足，弱點既為阿忠識破，果然狼群皆被引開，任憑犬狼的副官喊破喉嚨，也無濟於事。犬狼發覺情勢不妙，轉身就逃，犬神等一見主帥棄逃，喝令全力追擊。

犬狼手下眾犬很快地被「神光特攻隊」絆住，有些被擒，有些乾脆投降，已經無法再支援犬狼，犬狼於是偕同弟子夜狼突破重圍，往長白山深山絕嶺而去。

長白山舊稱「白頭山」，是中國東北與朝鮮（韓國）的交界處，山脈由西北向東南走向，綿延上千公里，是松花江、圖們江與鴨綠江三江之源，長久以來被多個民族視為神山，也是東北狼族心目中的聖山。

等犬狼與夜狼逃到長白山一處知名的斷崖，人稱「斷魂崖」的時候，已經沒有退路，只聽夜狼猶作困獸之鬥道：「師父，我來開路，你先走！」

「不用了！」犬狼依然神色自若道：「想要留住我們，沒有那麼容易。」

頃刻間，犬神等十隻神犬已經趕來，並有回報，稱群狼已經因為群龍無首而潰散了，於是全員包圍住犬狼及夜狼，心想犬狼你今日必定插翅難飛！但這是群犬的想法，犬神自然了解，只要犬狼無意投降，即使千軍萬馬，也擋不住這隻曠世大英豪，人稱「魔犬大帝」的犬狼。

犬神：「犬狼，你已經無路可逃了，是要乖乖地投降，還是要做殊死的抗爭！」

犬狼：「哈！哈！我的老隊長，老長官，什麼大場面我犬狼沒有見過，你有把握留得住我嗎？」

犬神：「這……。」

其他神犬：「隊長，讓我們來，我們就不信集九位神犬的力量，還奈何不了他！」

犬神見大伙兒躍躍欲試，也有意探探犬狼近年來真正的實力，於是說：「好吧，哪誰先上？」

犬狼：「這樣太麻煩了，乾脆九位一起上吧，這樣也比較節省時間！」

九位神犬一聽有氣，對手竟然狂妄到這種地步，於是一同望向犬神，看他有何意見。

「既然魔犬大帝有意陪各位玩玩，大家點到為止，去吧！」犬神順水推舟，心想犬狼實力再強，也敵不過曾為同袍的另外九隻神犬。

「這樣不公平，你們以多取勝，算什麼英雄好漢！」夜狼在一旁抗議。

「吔！夜狼你先退下，看師父表演就行了！」

瞬間，九比一，相互對峙，戰鬥氣氛風起雲湧，如烈焰奔騰，山雨欲來！

突然神犬們齊喊：「上！」九隻經過大日本帝國最嚴格訓練的神犬，也可以說是世界上犬類裡最頂尖的好手，立即全力合攻，彼此你來我往，不用說點到為止，竟然連犬狼的一根汗毛都傷不到！

起先大伙兒還因為曾為同袍而手下留情，如今顏面實在掛不住，倘若九比一還贏不了，那還有什麼能力逮捕犬狼呢？於是大伙兒立刻拿出十成功力，但是依然奈何不了犬狼。

「行了！」犬神知道經過戰場洗禮的犬狼已經今非昔比，強上加強，猛上加猛，為免雙方有所損傷，立刻下令罷手。

「我來好了！」犬神心知沒有把握，但是高手在場較勁，即使輸了也獲益良多！

「看來你們陣營中，已經沒有人才了！」犬狼尖酸刻薄地說：「老長官不親自下海不行了，哈！哈！」

犬神知道犬狼用的是「激將法」，不想多說，以免中了他的圈套，於是邁步上前，準備迎敵，犬狼嘴上雖然不饒人，但是也心知肚明，來的絕對是難纏的勁敵！

「不用隊長親自出手，讓副隊長代勞就行了！」遠處傳來大伙兒熟悉的聲音，沒錯，是「阿忠」！

這場阿忠與犬狼宿命的大對決，也是正義與邪惡的大對抗，即將展開，眾犬摒息以待，都心想，這必是一場驚天地，泣鬼神的大車拚！

兩犬四眼相對，雖然都一動不動，但是氣勢無比的驚人，彷彿即將天崩地裂，月落星墜一樣。從犬狼眼神中散發出的，是一種帝王般的威儀，炯炯深沉，彷彿可以看透人心一樣；而阿忠已經內心篤定，早就準備好這場無法避免的決戰，因此眼神中煥發出一種無懼的光芒，不為犬狼的犀利目光所震懾，雙方一觸即發。

猝然，不約而同地朝對方擦肩而過，接下來，更以迅雷不及掩耳的速度，彼此交錯互搏，速度之快，招式之多，令人目不暇給，倒似兩兔一般，一上一下，相互跳躍攻擊，眾犬眼睛還來不及眨，氣還來不及喘，雙方已經交手三、四十回合了！

「我輸了！」眾犬還搞不清楚狀況，犬狼已經一腳跳開攻擊圈，認輸地說道：「長江後浪推前浪，一代新人換舊人，我是真的老了！」

「承讓了！」阿忠也同時跳離攻擊圈，說道：「前輩手下留情，晚輩僥倖獲勝！」眾犬一聽阿忠怎麼突然贏了，又突然嘴巴好像含著一顆「滷蛋」在說話，放眼一瞧，才看清楚，原來他嘴裡咬著一條「領巾」。

「小兄弟，你也不用客氣，老長官，我們的確都老了！」犬狼心服口服。

「那麼犬狼，你願意認輸，跟我們回去嗎？」犬神誠意地問犬狼。

「先聽我把話說完，待會兒再說處置好嗎？我會給你們一個很滿意的答覆。」犬狼似乎盤算已定，期求犬神給他一個發言的機會。

「好，你說吧，可別趁機耍什麼花樣喔！」犬神雖然了解犬狼一言九鼎，但是兩軍主帥對峙，仍然不可不防。

「你放心，我保證不耍花樣！」犬狼拍胸脯擔保。

「好吧，你要說什麼儘管說吧！」犬神點頭同意。

「其實，眾人都以為我是採納了老狼喀拉斯的建言，想成為一方霸主，當上能在

東北狼區，甚至未來的亞洲、全世界，與人類平起平坐的『魔犬大帝』，其實你們都錯了，至始至終，我從來沒有，或許應該說是我不是喜歡追求權力的犬族，如同大家所知道的，我血液中佔有將近一半的狼族血統，而狼族的天性本來就是群居，各個族群是獨立的部落式關係，我也是這種傾向，我寧可逍遙自在過一生，也不願當上一個表面上雖然權傾天下，卻沒有任何自由可言的『魔犬大帝』！」

「或許大家不相信我的話，但是我也沒有必要搏得大家的同情，當上魔犬大帝的理由，其實只有一個，就是犬族『定位問題』。」

「我在接觸到恩師老狼喀拉斯以後，他啟發我很多思想，而我最認同及思考的一個問題，就是犬族的定位問題。長久以來，應該說千百年來不變的道理，犬族被稱為『狗』，完全被定位在人類附庸的角色，人類見所有牲畜中最忠心的，莫過於犬族，才收在身邊，甜言蜜語地稱我們是『人類最忠實的朋友』，但是人類真得把我們當作朋友嗎？」

「大家回想看看，朋友是讓你呼之即來，喝之即去的嗎？朋友是一定要百分之百服從對方，委曲求全，搖尾乞憐嗎？甚至我跑遍中國大陸各地，還有許多人類視狗肉為一大補品，所謂『一黑、二黃、三花、四白』，難道這是最佳待客之道嗎？我甚至還見過桌上人類正喜孜孜地吃狗肉，桌下犬族也開心地啃食同類的骨頭，這跟『人吃人，狗吃狗』有什麼分別呢？」

「犬族一向被人類視為附屬品、寵物，愛我們的時候如同心肝寶貝，吃、住都是最好的；不愛我們的時候，就好像丟棄一個舊玩具一樣，連眉頭也不會皺一下，一付理所當然的樣子，害我們三餐不繼，露宿街頭，在惡臭難聞的垃圾堆中翻找食物過活。」

「如果人類看見我們這種狼狽模樣，還會大腳一踹，大罵『死狗』；倘若我們一反抗，回咬他一口，就會被冠上『瘋狗』惡名，慘遭殺滅命運，難道這樣公平嗎？」

「我無意舉出一些負面的例子，造成人、犬之間的衝突對立，但是犬類只要一天附屬在人類座下，就好像人類受到殖民一樣，如同各位所見，在所有日本人的佔領地，也就是我們稱之為偉大的天皇土地上，那些非日本人族群，能受到日本人公平的對待嗎？道理很簡單，只要不對等，就沒有公平可言，不是嗎？」

「或許你們會說，人類哪有那麼壞，不是也有不少受過日本殖民的人民，口中還不斷讚賞日本人的作風嗎？當然，這就是我最後思考的結果——『尊嚴』，活的要有尊嚴，才有生存的價值，否則就會像無魂附體的稻草人一樣，誰願意一輩子被當作傀儡，遭人操弄一輩子呢？」

「總之，你們可以完全否定我前面所說的話，甚至視為謬論，但是如果在你們知道可能被平常自己最親近、最敬愛的人類出賣以後，你們會有什麼反應呢？這本日記，或許能打破你們一些迷思吧！」

犬狼說到這裡，從身旁一個包袱中，拿出一本人類日記，是一本有點新舊雜陳的日記，可能是因為風吹日曬雨淋的關係，才導致有些地方斑駁，有些地方卻還十分新穎。

犬神等接過日記，上面赫然出現四個大字「吉田岡次」，沒錯，是吉田博士的字跡。於是犬神叫手下攤開，並且高聲唸出來，卻唸出了一段駭人聽聞的大事來！

「昭和九年三月一日，晴：日本政府向我提出一項要求，要我製造一場狼瘟，以挽回號稱『魔犬大帝』犬狼的心，原因是日本政府絕對不允許任何人跟他平起平坐，人類如此，犬類及狼族也是如此。」

「昭和九年三月二日，陰天：…………，我以最速件公文回應首相，反對此項建議，最大的因素在於狗、狼本一族，如果發動狼瘟，倘若疫情控制不住，甚至可能導致滿州國，甚至全世界犬族的大災難，請首相三思……。」

「昭和九年四月六日，晴：…………，在首相及軍警部的強大壓力下，我犯下了一件在良心上難以原諒自己的大錯，我答應冒這個險，並由我親手執行……。」

「底下你們也不用再看了！」犬狼打斷話頭說：「我在無意中看到這本日記以後，

徹底覺悟了，不論我們多麼效忠最可信，最值得尊敬的人類，終究還是他們的小棋子，所以日後我接受日本人招降，在大江南北的征戰中，我體會到剛才說的『尊嚴』二字，一旦沒有對等的尊嚴，是永遠得不到公平的對待，諸位犬類中最優秀的代表們，你們說是不是？」

犬狼的一席話，再加上吉田博士的日記，的確震撼了在場每一隻犬類的內心，怎麼會這樣呢？人類真的不可相信嗎？眾犬開始思考犬類的定位問題，這也是千百年來，第一批會思考這個問題的犬族，就發生在日本滿州國的東北狼區。

「我還有一個最後請求。」犬狼說。

「你講吧，辦得到的，我們一定照辦！」犬神爽快回答。

「我與這位阿忠小兄弟，還有點兒私人問題未決，希望能讓我們私下單獨談一談，方便嗎？」

「沒有問題，我們就撤出五十步以外，你們自行了結吧！」

「師父，哪我呢？」

「夜狼，你也跟過去吧，放心，師父只是想確定一些事情罷了！」

「是，師父，我就暫時跟他們過去了！」

眾犬退出五十步以外，讓犬狼及阿忠單獨會面。

「小兄弟，我好像在哪裡見過你，你好像跟我有什麼深仇大恨似的？」

「沒錯，從台灣的『警犬訓練所』，到滿州國的『軍警犬部研究所』，再到這裡的『東北狼區』，我一路跟來，就是為了向你報仇！」

「哦！我既然跟你有這種深仇大恨，報仇之前，能不能將詳情說給我聽聽呢？」

「可以，這樣你才能俯首認罪。我要控告你的有兩大罪狀，第一，是你在台灣成立魔犬大隊，恣意燒殺擄掠，攻毀多少村庄，造成多少善良犬類家破人亡，雖然在我家鄉斑鳩寮那一役，被我們擋了下來，卻也造成我最尊敬的狗老大老黃及數位兄弟身亡，殺友之仇不共戴天，我曾經對天發誓，要替天行道，天涯海角都不會放過你，此其一也。」

「第二，你從我妻子手中騙走家母唯一遺物，還造成我的好朋友小蟲身受重傷，就是這條『領巾』，為什麼別的你不要，偏要它，這是我要當面質問你的問題？」

「好，我承認我是罪大惡極，為了你兄弟及朋友的仇，你千里迢迢追到這裡，又憑真本事打敗我，我犬狼也認栽了，要報仇儘管來好了，能死在戰勝我的人手裡，我絕無任何怨言！」

犬狼說完，閉目待斃！

阿忠回想起老黃及兄弟們死狀之慘，不禁咬牙切齒，伸出右掌，現出利爪，破掌而出，用盡全身所有力氣，一巴掌朝犬狼揮了過去，但是只到一半，又停了下來，不知道為什麼，他竟然全身發抖，難以下重殺手！

「罷了，殺了你，他們也活不過來，我只是要告訴你，犬類是要向人類追求尊嚴沒錯，但是如果不先尊重自己的同胞，無情的殺戳，只會帶來更多的仇恨而已！」

「你說的沒錯！」犬狼見阿忠竟然不下殺手，立刻歉意地回道：「我的確中日本軍國主義的毒太深，純真的以為要建立非凡的功業，非用非凡的手段不可，可是又鬥不過人類，才會出此錯誤性下策，如今回首前塵，我不僅沒有為犬類帶來尊嚴，反而種下太多殺孽，就像日本皇軍一樣，美其名為建立屬於亞洲人自己的天堂，卻帶來人間的地獄，未來只是一種美麗的假象、謊言罷了！」

阿忠見到犬狼的確真誠地承認過錯，所謂「逝者已矣」，也不想再作追究，再種仇因！

「謝謝你留我一條生路。」犬狼衷心地感謝：「就讓我回答你第二個問題好了。其實，我並沒有從你妻子手上騙走這條領巾，我只不過是收回原本屬於我自己的東西而已，我發誓，我並不知道它是你母親的遺物，對了，你母親是不是叫『小黑』呢？」

「你……，你認識我母親！」

犬狼突然用一股異樣的眼光注視著阿忠，那是一種慈愛的眼神，也是每當阿忠與犬狼講話的時候，他那種特有的眼光，總讓阿忠以為犬狼是否對所有後輩，都是用這種相同的眼光呢？

「讓我來告訴你一個故事，至於是真是假，或是你相不相信，就由你自己判斷了！」

「從前有一位日本的警官級警犬，在一次出任務的時候，受到重傷，眾人都以為他死了，其實不然，他是由於受傷過重，在逃到一個不知名的鄉下時，傷重過度，倒地不起！」

「後來他醒來，卻發覺身在一個簡陋的家庭之中，就在一間破舊的儲物間內的隱密小洞裡，一隻年輕的女犬正在為他療傷。後來他發現，這個家庭雖然簡陋，卻溫馨美滿；這處儲物間雖然破舊，卻充滿了愛。讓一向氣焰囟騰，性情冷若冰霜的他，被這位溫情似水的女性光輝特質所融化，她是這位警官見過最美麗的偉大女性，因為她的美不在外表，卻在心裡，那種無怨無悔的付出，令他感動不已，心想她是不是天上的菩薩化身，特地下凡來救他的呢？」

「他們倆由相識，進而相愛，兩情依依，糖甘蜜甜，真的是只羨鴛鴦不羨仙。但是在男犬養完傷以後，卻是難以承受的痛苦離別，她沒有怪他，他也承諾一定會再回來看她，並送她一條人類的領巾當作定情之物。就這樣，過了幾年，等那隻警官犬有機會要回來接她的時候，竟然發現已經天人永隔了，難道紅顏真的要薄命嗎？這麼善良的女娃，老天爺為什麼要帶走她呢？過度悲傷之餘，無意中看見有一位女孩，手上拿了當年他送她的那條領巾，才收了回來，作為永遠的紀念，就他而言，應該不算騙回來的吧！」

阿忠聽完這些難以置信的話，驚訝的說不出話來，也看見一向高傲的犬狼眼中，竟然泛著盈盈淚光。只聽犬狼又問起：「阿忠，你有幾位兄弟姊妹？」

「我總共有九位兄弟姊妹，我排行最小。」

「哦！」只聽犬狼喃喃自語：「這麼巧，我雖然是世上唯一的魔犬，但是借腹的生母也是日本少有的九子家族之一，我也是排行老么！」

「什麼！你……，我……！」

阿忠無暇細問，犬狼頓時收回悲戚目光，認為該是了結這一切的時候了，於是回頭對群犬大叫道：「你們可以過來了！」

眾犬聽說，立刻圍了過來，但是依然相距十來步，以防狡猾的犬狼玩花樣，變把戲。

「你考慮清楚了嗎？不管你有多少理由，我們也必須完成這次上級交待的任務，你說吧，如何了結呢？」犬神下最後通牒。

「所謂『不自由，吾寧死』。」犬狼邊說邊走向斷崖的盡頭：「夕陽無限好，只是近黃昏，你們看這長白山，人稱『斷魂崖』的這處地方，景色多美啊！美得像幅畫，也像首詩。你們知道它為什麼叫斷魂崖嗎？根據人類的說法，這是一處神聖的地方，是連結人間與仙界的橋樑，如果是有緣人，通過就能抵達仙境，成為真正逍遙自在的神仙；如果是凡人，硬要通過，將會喪生在這看不到底部的崖底，成為一縷幽魂！犬神，我的老長官，還有諸位曾經與我出生入死的同袍兄弟，徒弟夜狼，特別是阿忠小兄弟，遇到你，我才知道自己只是以力服人的『霸王』而已，你才是真正以德服人的『王者之王』，唉！該是跟大伙兒說再見的時候了！」

眾犬一聽犬狼竟然有尋短見、永別的意思，發覺不對，尤其離犬狼最近的夜狼及阿忠，一發覺不妙，火速上前攔阻，哪知犬狼不愧為「魔犬大帝」，速度更快，就在高喊一聲：「小黑，我來了！」翻身跳入萬丈深崖，結束了一生的傳奇故事！

阿忠最後才明白過來，原來他日思夜念的大仇人，竟然就是自己從小最思念的父親，而且想起父親事隔多年，依然將送給母親的定情物帶在身上，可見得父親是多麼深愛著母親，想不到犬狼溫文的外表下，雖然有一顆被視為冷酷無比的心，但是對母親的愛意，卻是世間最專情的，溫柔似水，綿綿不絕！

阿忠看著哀痛欲絕的夜狼高喊「師父」的時候，「父親」兩個字只到嘴邊，竟然叫不出口，於是將已經繫在胸前的領巾拿了下來，含著淚水，往前用力一拋，隨著長白山千百年來的山谷吹風，送到山谷的下面，陪著犬狼一起「塵歸塵，土歸土」，他想，至少父母親終於可以在天國重逢了。

任務完成以後，由於眾犬都有聽到犬狼臨死前曾稱自己只不過是一位「以力服人」的「霸王」，阿忠才是「以德服人」的「王者之王」，所以民間狗族立刻流傳一句話，稱阿忠為「狗王阿忠」，至今他的傳奇故事，仍舊流傳在中國大陸東北方的鄉間，不信！找隻東北犬問一問就知道。

後記

阿忠完成任務後，見完吉田博士，交了差，於是請調回到故鄉台灣。

犬神等神犬，隨著吉田博士回到日本本土，並以日記內容質疑吉田博士事實真相，吉田博士坦承不諱，並深表後悔不已，立刻向他們誠心道歉，神犬們於是自主性抬頭，不願再成為人類的附庸！

「日本軍警部」深怕控制不了已經不願意再接受他們指揮的神犬們，讓以前可怕的「魔犬殺人事件」再度重演，因而丟官，甚至丟命，為求規避責任，竟然翻臉無情，不計昔日的功勞與苦勞，以「叛國」罪名逮捕神犬們入獄，即刻由首相批准，判處死刑！

吉田博士聞訊後營救無效，還被氣焰囂張的軍警人員辱罵，罵他只不過是日本政府裡的一顆小螺絲釘而已，沒有資格說三道四，只有聽令的份！吉田博士氣憤之餘，對日本軍國主義已經徹底絕望，趁一次美軍空襲的時候，含淚摧毀半生的研究心血，「日本高級犬類研究所」從此化為歷史灰燼，吉田博士也生死未卜，行蹤成謎。

民國五十五年，中國大陸發生文化大革命，當時黑龍江省有一位叫李軍的小紅衛兵，發覺租他們家房子的一位專門研究狼族的老學者因病去逝，在他收拾他的遺物時，赫然發現一本回憶錄，原來那名房客不是中國人，而是日本人，叫「吉田岡次」，上面寫道：「……，日本政府怎麼可能與被尊為狼族之王的『魔犬大帝』犬狼平起平坐呢？……為了無條件趨策自己辛苦栽培出來的犬狼，狼族成了祭品，……，我永遠對狼族有一份虧欠之心，因為那場狼族大浩劫，奪走了無數條的狼族生命的『狼瘟』，差點讓東北狼群徹底毀滅殆盡的可怕瘟疫，罪魁禍首，其實不是日本政府或首相，而是我，是我不願放棄唯一的研究成果『犬狼』的緣故！……，如今犬狼已經死了，我願意用我最後的生命，來從事保衛東北狼群生存的任務，至死不渝，以彌補我先前的罪業！」

因為當時全國紛亂不已，正在「破四舊」，李軍於是將這本吉田博士畢生對狼族的研究成果及懺悔錄，還來不及公諸世人面前，就跟著他的遺體一同灰飛煙滅，從此再無人類能培育出可以直接與人類溝通的犬類了！

阿忠在復仇以後，心下一片茫然，也覺悟到不願意再繼續當日本人的鷹犬，利用一次任務在爆炸時詐死，順利回到故鄉雲林。

而在台灣的日本人，見到阿忠不僅在東北的滿州國被稱為「狗王」，更因為執行任務而犧牲生命，具備日本正統武士道精神，破例頒給他「狗王阿忠」匾額，骨灰併入日本神社，供後人追思參拜！

阿忠回到鄉下，看到妻子已經生下九子，果然是代代相傳，尤其看到第九子與他十分相似，更是高興無比。

而最疼愛他的小主人小文，一見失蹤多年的阿忠竟然又回來了，已經長高不少的小文，立刻朝阿忠又親又抱，直纏著阿忠述說從頭，喜歡作文的小文心想，長大以後，這說不定就是寫作的好材料呢！

有一天中午，第九子被新來的一位郵差先生欺負，氣憤之餘，順口回了一句「人話」：「大人欺負小狗，好不要臉喔！」害得這位郵差先生嚇了一大跳，一個不小心，摩托車龍頭一歪，狠狠地直撞到一棵龍眼老樹，摔得四腳朝天，龍眼果實掉滿身，口中直呼「見鬼了」，落荒而逃！

而阿忠這時候正巧在一旁，也嚇得合不攏嘴，立刻回想起他那殊堪回首，如夢境般的遭遇，不自覺中全身起了一陣哆嗦，大叫：「不會吧！怎麼又來了！」

少年文學13　PG1088

狼子傳說

作者／廖文毅
責任編輯／林千惠
圖文排版／詹凱倫
封面設計／陳佩蓉
出版策劃／秀威少年
製作發行／秀威資訊科技股份有限公司
114 台北市內湖區瑞光路76巷65號1樓
電話：+886-2-2796-3638
傳真：+886-2-2796-1377
服務信箱：service@showwe.com.tw
http://www.showwe.com.tw

郵政劃撥／19563868
戶名：秀威資訊科技股份有限公司
展售門市／國家書店【松江門市】
104 台北市中山區松江路209號1樓
電話：+886-2-2518-0207
傳真：+886-2-2518-0778

網路訂購／秀威網路書店：http://www.bodbooks.com.tw
國家網路書店：http://www.govbooks.com.tw
法律顧問／毛國樑　律師

總經銷／聯寶國際文化事業有限公司
221新北市汐止區康寧街169巷27號8樓
電話：+886-2-2695-4083
傳真：+886-2-2695-4087

出版日期／2014年2月　BOD一版　**定價**／270元
ISBN／978-986-5731-00-7

秀威少年
SHOWWE YOUNG

國家圖書館出版品預行編目

狼子傳說 / 廖文毅著. -- 一版. -- 臺北市 : 秀威少年,
2014. 02
面； 公分
BOD版
ISBN 978-986-5731-00-7 (平裝)

859.6 102025673

讀者回函卡

感謝您購買本書，為提升服務品質，請填妥以下資料，將讀者回函卡直接寄回或傳真本公司，收到您的寶貴意見後，我們會收藏記錄及檢討，謝謝！如您需要了解本公司最新出版書目、購書優惠或企劃活動，歡迎您上網查詢或下載相關資料：http:// www.showwe.com.tw

您購買的書名：________________________________

出生日期：________年________月________日

學歷：□高中（含）以下　□大專　□研究所（含）以上

職業：□製造業　□金融業　□資訊業　□軍警　□傳播業　□自由業

□服務業　□公務員　□教職　□學生　□家管　□其它_____

購書地點：□網路書店　□實體書店　□書展　□郵購　□贈閱　□其他

您從何得知本書的消息？

□網路書店　□實體書店　□網路搜尋　□電子報　□書訊　□雜誌

□傳播媒體　□親友推薦　□網站推薦　□部落格　□其他__________

您對本書的評價：（請填代號　1.非常滿意　2.滿意　3.尚可　4.再改進）

封面設計____　版面編排____　內容____　文／譯筆____　價格____

讀完書後您覺得：

□很有收穫　□有收穫　□收穫不多　□沒收穫

對我們的建議：________________________________

____

____

____

請貼
郵票

11466
台北市內湖區瑞光路 76 巷 65 號 1 樓
秀威資訊科技股份有限公司　　收
BOD 數位出版事業部

....

（請沿線對折寄回，謝謝！）

姓　　名：＿＿＿＿＿＿＿＿　年齡：＿＿＿＿　性別：□女　□男

郵遞區號：□□□□□

地　　址：＿＿＿＿＿＿＿＿＿＿＿＿＿＿＿＿＿＿＿＿

聯絡電話：(日) ＿＿＿＿＿＿＿＿＿＿ (夜) ＿＿＿＿＿＿＿＿＿＿

E-mail：＿＿＿＿＿＿＿＿＿＿＿＿＿＿＿＿＿＿＿＿